*L'incroyable et triste histoire
de la candide Erendira
et de sa grand-mère diabolique*

Du même auteur aux Éditions Grasset :

Des feuilles dans la bourrasque.
Pas de lettre pour le colonel.
Les Funérailles de la Grande Mémé.
La Mala Hora.
Récit d'un naufragé.
L'Automne du patriarche.
Chronique d'une mort annoncée.
Le général dans son labyrinthe.
Des yeux de chien bleu.
Douze contes vagabonds.
De l'amour et autres démons.
Journal d'un enlèvement.
Vivre pour la raconter.
Mémoire de mes putains tristes.

GABRIEL
GARCÍA MÁRQUEZ

———

L'incroyable et triste histoire de la candide Erendira et de sa grand-mère diabolique

Nouvelles traduites de l'espagnol
par
CLAUDE COUFFON

Bernard Grasset
Paris

Titre original :

LA INCRÉIBLE Y TRISTE HISTORIA DE LA CÀNDIDA ERÉNDIRA Y DE SU ABUELA DESALMADA

ISBN 978-2-246-05494-8
ISSN 0756-7170

Gabriel García Márquez / L'Incroyable et Triste Histoire...

Les sept nouvelles qui composent L'Incroyable et Triste Histoire de la candide Erendira et de sa grand-mère diabolique, *le second recueil de Gabriel García Márquez, furent écrites entre 1961 et 1972. Par rapport aux* Funérailles de la Grande Mémé *le paysage a changé : le lieu, également mythique tant il est habité par le fabuleux, est là encore un bourg misérable, abandonné des dieux, coincé entre la mer, marécageuse, dévoreuse de dunes, avec ses myriades de crabes empuantissant l'atmosphère, et l'infranchissable Cordillère. Si Macondo sous le sel, le soufre et le feu pourrissait dans la sécheresse et le désert de l'âme, ici, le lieu de ce nouveau musée imaginaire gît sur la côte caraïbe, humide et putrescent. La vie y est tout aussi difficile, mais la mer, qui envahit l'horizon, est réserve de fantasmes et de craintes, espace de mémoires et de fables. Ainsi les flots rejettent-ils « le noyé le plus beau du monde », superbe corps d'homme ulysséen que les femmes en mal de cœur vont habiller et cajoler, jusqu'à lui faire de somptueuses funérailles. Ainsi Tobie l'insomniaque va-t-il plonger dans « la mer du temps perdu » pour y découvrir un village englouti et des hommes et des femmes à cheval tour-*

nant autour du kiosque à musique. La mer est territoire de mort, de rêve et de beauté, mais aussi espace de liberté : lorsque la candide Erendira, que sa redoutable grand-mère prostitue pour lui faire payer l'incendie de sa maison provoqué par sa maladresse, réussit à s'enfuir, où court-elle ? où fuit-elle ? vers la mer humant l'odeur inconnue de l'espoir, vers le désert et le silence. ici encore le merveilleux s'épanouit. Loin d'être un piètre faiseur de miracles, à l'instar de son ange déchu – « un monsieur très vieux avec des ailes immenses » – thaumaturge tout juste capable de faire pousser trois nouvelles dents à l'aveugle et de faire gagner le gros lot à la loterie au paralytique. García Márquez est un authentique démiurge et un prophète accompli, capable de peupler le réel de créatures surnaturelles : ici un acrobate volant qui vrombit au-dessus de la foule avec des ailes de « chauve-souris sidérale », là « une effroyable tarentule de la taille d'un mouton qui exhibe une tête de pucelle triste », autrement dit la fillette changée en araignée pour avoir désobéi à ses parents, là encore ce vieil ange tombé dans un poulailler et qui finira, une fois ses plumes recomposées, par reprendre l'essor avec « un battement d'ailes hasardeux de vautour sénile ». Véritable Gorgone – car García Márquez connaît bien sa mythologie grecque – la grand-mère d'Erendira périra sous le couteau du gentil Ulysse, évidemment fils de Personne et amoureux de la petite prostituée, et saignera comme un dragon en projetant « un sang huileux, brillant et vert, pareil à du miel à base de feuilles de menthe ». Même la mort ne peut endiguer le flot de légendes : lorsque Blacaman, le faiseur de miracles, qui n'est qu'un charlatan de foire, se retrouve mort au fond de son cercueil blindé, il pleure et vit de la vie geignarde des morts, « tout le temps que moi je serai vivant, c'est-à-dire éternellement ». Ainsi García Márquez définit-il le merveilleux à transmission orale et nous donne-t-il sa version des plus justes de la culture populaire : sans âge, permanente, toujours recommencée. Et c'est que l'écriture rachète de toutes les injustices – pas seulement celle des caciques profiteurs, des grands-mères diaboliques ou de ce gringo de Herbert qui ruine le bourg sous l'afflux de ses pesos et dessine une cité future avec « d'immenses édifices tout en verre et des pistes de danse sur les terrasses » qui finira, comme le reste, mangée aux crabes. Dans cette vision exhaussée, exaltée, démesurée, par cette écriture merveilleusement cadencée comme la voix de la Grande Mémé berçant la tête de l'enfant il s'agit toujours pour Gabriel García Márquez de compenser un univers minable et douloureux, un monde qui fut bâclé par Celui qui, après tout, « avait toute l'éternité pour se reposer ». Alors nous entrerons dans la voix du conteur « en descendant, très profond, jusqu'à ces lieux où s'achève la lumière du soleil », alors nous regarderons « vers la surface des eaux » et nous verrons « à l'envers toute la mer ».

Albert Bensoussan.

Un monsieur très vieux
avec des ailes immenses

Au bout de trois jours de pluie on avait tué tant de crabes dans la maison que Pelayo dut traverser sa cour inondée pour les jeter à la mer, car le nouveau-né avait passé la nuit à grelotter de fièvre et l'on pensait que c'était à cause de l'horrible odeur. Depuis mardi, le monde était triste. Le ciel et la mer avaient le même aspect cendré, et le sable de la plage, qui en mars scintillait comme une poussière de feu, n'était plus qu'une soupe de boue et de coquillages pourris. La lumière était si paisible à midi que lorsque Pelayo rentra chez lui après avoir jeté les crabes, il eut du mal à voir cette chose qui bougeait et gémissait au fond de la cour. Il dut vraiment s'approcher pour découvrir qu'il s'agissait d'un vieillard, qui s'était étalé dans cette mare de fange ; l'homme faisait des efforts désespérés pour se relever et n'y parvenait pas, entravé par ses ailes immenses.

Effrayé par ce cauchemar, Pelayo courut chercher sa femme, Elisenda, qui mettait des compresses au petit malade, et il l'entraîna jusqu'au fond de la cour. Tous deux observèrent le corps tombé avec une stupeur muette. Il était vêtu comme un chiffonnier. Il lui restait à peine quelques effilochures déteintes sur son crâne pelé et quelques rares dents dans la bouche, et sa lamentable condition de vieux pépé trempé jusqu'aux os l'avait dépourvu de toute dignité. Ses ailes de grand charognard, sales et à demi déplumées, étaient enlisées à jamais dans la boue. Ils l'observèrent tellement, et si attentivement, que Pelayo et Elisenda se remirent très vite de leur surprise et finirent par trouver l'inconnu familier. Alors ils s'enhardirent à lui parler et il leur répondit dans un dialecte incompréhensible mais avec une belle voix de navigateur. Ils oublièrent donc l'inconvénient des ailes et conclurent avec bon sens qu'ils étaient en présence d'un naufragé solitaire étranger dont le bateau avait chaviré dans la tempête. Pourtant, ils firent signe à une voisine avertie des choses de la vie et de la mort, laquelle, dès le premier coup d'œil, les détrompa :

— C'est un ange, leur dit-elle. Il venait sûrement pour le petit, mais le pauvre est si âgé que la pluie l'a flanqué par terre.

Le lendemain tout le monde savait que les Pelayo retenaient prisonnier un ange en chair et en os. En dépit de l'opinion de la docte voisine, pour qui les anges d'aujourd'hui étaient les survivants fugitifs d'une conspiration céleste, on n'avait pas eu le cœur de le tuer à coups de bâton. Pelayo resta toute la soirée à le surveiller de la cuisine, armé de sa canne de garde champêtre, et avant d'aller se coucher il le traîna hors du bourbier et l'enferma avec les poules dans le poulailler grillagé. A minuit, quand la pluie cessa, Pelayo et Elisenda tuaient encore des crabes. Peu après l'enfant se réveilla, sa fièvre était tombée et il avait faim. Alors ils se sentirent l'âme généreuse et décidèrent d'installer l'ange sur un radeau avec une provision d'eau douce et des vivres pour trois jours, puis de l'abandonner à son sort en pleine mer. Mais quand, au petit matin, ils sortirent dans la cour, ils trouvèrent devant le poulailler tout le voisinage qui batifolait avec l'ange sans le moindre respect et qui lui jetait à manger à travers le grillage, comme s'il se fût agi d'un animal de cirque et non d'une créature surnaturelle.

Le père Gonzaga arriva avant sept heures, alarmé par l'énormité de la nouvelle. Des curieux moins frivoles que ceux de l'aube étaient déjà accourus, qui avaient fait toutes sortes d'hypothèses sur l'avenir du prisonnier. Les plus naïfs pensaient qu'on l'élirait maire du monde. Les esprits plus rudes supposaient qu'il serait promu au grade de général à cinq étoiles pour gagner toutes les guerres. Quelques visionnaires espéraient qu'il serait conservé comme géniteur, lequel implanterait sur cette terre une lignée d'hommes ailés pleins de sagesse pour gérer l'univers. Mais le père Gonzaga, avant d'être curé, avait été un solide bûcheron. Penché sur le grillage, il repassa à toute vitesse son catéchisme et demanda aussi qu'on lui ouvrît la porte pour examiner de près ce pauvre bougre qui ressemblait plutôt à une vieille poule énorme parmi les autres poules ébahies. Il était couché dans un coin, séchant au soleil ses ailes déployées, au milieu des épluchures de fruits et des restes de petit déjeuner que lui avaient jetés les lève-tôt. Insensible aux impertinences du monde, c'est à peine s'il leva ses yeux d'antiquaire et murmura quelques mots dans son dialecte lorsque le père Gonzaga, entrant dans le poulailler, lui donna le bonjour en latin. Le curé commença à soupçonner son imposture dès qu'il se rendit compte que l'autre ne comprenait pas le langage de Dieu et ne savait pas saluer ses ministres. Puis il constata que, vu de près, il avait un air trop humain : il dégageait une insupportable odeur de mauvais temps, des algues parasites nichaient partout sous ses ailes, les plus grandes de ses plumes avaient été abîmées par des vents de terre, et sa nature misérable n'avait rien de commun avec l'illustre dignité des anges. Alors il abandonna le poulailler, et dans un court sermon mit en garde les curieux contre les risques de la crédulité. Il leur rappela que le diable avait la fâcheuse habitude de recourir à des artifices de carnaval pour confondre les naïfs. Il fit valoir comme argument que si les ailes n'étaient pas l'élément fondamental pour différencier un épervier d'un aéroplane, elles l'étaient encore moins pour identifier les anges. Malgré tout il promit d'écrire une lettre à son évêque, pour que celui-ci en écrive une autre à son archevêque, lequel en écrirait une autre à Sa Sainteté, de façon que le verdict final vînt des tribunaux suprêmes.

Sa circonspection tomba sur des âmes sourdes. La nouvelle de l'ange captif se répandit avec une telle rapidité qu'au bout de quelques heures il y avait dans la cour un vacarme de jour de marché, et il fallut faire appel à la troupe baïonnette au canon pour chasser ce tohu-bohu qui menaçait d'abattre la maison. Elisenda, l'échine tordue à force de balayer toutes ces ordures de fête foraine, eut alors la bonne idée de

murer la cour et de percevoir cinq centavos d'entrée
par personne pour voir l'ange.

Les curieux vinrent de loin, et même de la Marti-
nique. Une fête ambulante vint avec un acrobate volant qui passa plusieurs fois en vrombissant au-dessus
de la foule, mais personne ne lui accorda la moindre
attention car ses ailes n'étaient pas des ailes d'ange
mais de chauve-souris sidérale. En quête de santé
vinrent les malades les plus défavorisés des Caraïbes : une pauvre femme qui depuis son enfance
comptait les battements de son cœur, lesquels n'attei-
gnaient plus le chiffre adéquat, un Jamaïcain qui ne
pouvait dormir tellement le tourmentait le bruit des
étoiles, un somnambule qui se levait la nuit défaire
endormi ce qu'il avait fait éveillé, et beaucoup
d'autres moins gravement atteints. Au sein de ce désordre de naufrage, Pelayo et Elisenda étaient heureux
en leur fatigue, car en moins d'une semaine ils
avaient bourré les chambres de gros sous, alors que la
file de pèlerins qui attendaient l'instant d'entrer attei-
gnait l'autre bout de l'horizon.

L'ange était le seul à ne pas participer à son phéno-
mène. Il passait son temps à chercher une place dans
le nid prêté, étourdi par la chaleur d'enfer des lampes
à huile et les bougies de sacrifice qu'on lui plantait
sur son grillage. Au début, on avait essayé de lui faire
manger des cristaux de camphre qui, selon la science
de la savante voisine, étaient l'aliment spécifique des
anges. Mais il les dédaigna, comme il dédaigna sans
y goûter les repas pontificaux que lui apportaient les
pénitents, et on ne sut jamais si ce fut à cause de sa
condition d'ange ou de vieillard qu'il finit par ne plus

manger que des bouillies d'aubergines. Sa seule vertu
surnaturelle paraissait être la patience. Surtout les
premiers temps, quand les poules qui cherchaient les
parasites stellaires qui proliféraient sur ses ailes le
becquetaient, quand les impotents lui arrachaient des
plumes pour frotter leur corps défectueux, et quand
même les plus charitables lui jetaient des pierres, essayant ainsi de l'obliger à se lever pour le voir en
grand. Une fois pourtant on avait réussi à le troubler :
il était immobile depuis tant d'heures qu'on l'avait
cru mort, alors on lui avait brûlé le côté avec un fer à
marquer les bouvillons. Il s'était réveillé en sursaut,
jacassant dans sa langue hermétique et les yeux
pleins de larmes, et il avait battu par deux fois des
ailes, soulevant un tourbillon de fumier de poule et de
poussière lunaire, et un ouragan de panique qui ne
semblait pas de ce monde. Si beaucoup jugèrent que
sa réaction n'avait pas été de rage mais de douleur,
on se garda bien par la suite de le déranger, car la
majorité comprit que sa passivité n'était pas celle
d'un héros dans l'exercice d'une retraite bien méritée
mais celle d'un cataclysme au repos.

Le père Gonzaga affronta la frivolité de la foule
avec des formules d'inspiration domestique, dans
l'attente du jugement final concernant la nature du
prisonnier. Mais le courrier de Rome avait perdu la
notion de l'urgence. Le temps passait à vérifier si le
captif avait un nombril, si son dialecte présentait
quelque rapport avec l'araméen, s'il pouvait tenir
dans le chas d'une aiguille ou si plus simplement il
ne s'agissait pas d'un Norvégien avec des ailes. Ces
lettres modérées auraient circulé jusqu'à la fin des

siècles si un événement providentiel n'avait mis fin aux tribulations du brave prêtre.

Il arriva qu'à cette époque, parmi les nombreuses attractions des bohémiens aux Caraïbes, on présenta au village le triste spectacle de la femme changée en araignée pour avoir désobéi à ses parents. Les billets d'entrée pour la voir non seulement coûtaient moins cher que ceux qu'on vendait pour regarder l'ange, mais ils permettaient aussi de lui poser toutes sortes de questions concernant son aberrante condition, et de l'examiner sous toutes les coutures afin que nul ne mît en doute la vérité d'une telle horreur. C'était une effroyable tarentule de la taille d'un mouton, qui exhibait une tête de pucelle triste. Pourtant, le plus navrant n'était pas sa silhouette absurde mais la sincère affliction avec laquelle on racontait par le menu tout son malheur : étant encore presque une enfant, elle s'était sauvée de la maison de ses parents pour aller au bal, et comme elle revenait chez elle par la forêt après avoir dansé toute la nuit sans permission, un tonnerre effrayant avait fendu le ciel en deux et par cette lézarde avait surgi l'éclair de soufre qui l'avait transformée en araignée. Sa seule nourriture était les boulettes de viande hachée que les âmes charitables voulaient bien lui jeter. Un tel spectacle, aussi chargé de vérité humaine et de châtiment épouvantable, devait ruiner sans le vouloir celui d'un ange méprisant qui daignait à peine regarder les mortels. Et puis, les rares miracles qu'on attribuait à l'ange révélaient un certain désordre mental, par exemple le cas de cet aveugle qui n'avait pas récupéré la vue mais auquel trois nouvelles dents avaient poussé, ou celui de ce paralytique qui n'avait pu marcher mais qui avait failli gagner le gros lot à la loterie, ou encore celui de ce lépreux qui avait vu pousser des soleils dans ses blessures. Ces miracles de consolation qui ressemblaient à des canulars avaient déjà ébranlé la réputation de l'ange lorsque la femme métamorphosée en araignée acheva de l'anéantir. Et c'est ainsi que le père Gonzaga fut à jamais guéri de l'insomnie, et que la cour de Pelayo retrouva sa solitude de l'époque où il avait plu sans cesse durant trois jours et où les crabes marchaient dans les chambres.

Les maîtres de céans n'eurent rien à regretter. Avec l'argent perçu ils firent construire une belle maison à deux étages, ornée de balcons et de jardins, avec de hauts perrons pour empêcher les crabes de s'y infiltrer en hiver, et des barreaux aux fenêtres pour décourager les anges. Pelayo installa en outre un élevage de lapins tout près du village et renonça définitivement à son pauvre emploi de garde champêtre ; Elisenda, elle, s'acheta des souliers fins de satin à hauts talons et un tas de robes en soie chatoyante, comme en portaient alors le dimanche les dames les plus jalousées. Le poulailler fut le seul endroit qui resta à l'abandon. Si quelquefois on le lavait avec du crésyl et si l'on y faisait brûler des larmes de myrrhe, ce n'était pas pour honorer l'ange mais pour conjurer la puanteur de fumier qui circulait maintenant partout comme un fantôme et qui vieillissait la maison neuve. Au début, quand l'enfant apprit à marcher, on prit soin de ne pas le laisser s'approcher trop du poulailler. Mais ensuite on oublia peu à peu la crainte, on s'accoutuma à la pestilence et avant que le

petit ne perde ses dents de lait, il avait pris l'habitude
de jouer dans le poulailler dont le grillage pourri tombait en morceaux. L'ange ne se montra pas à son
égard moins déplaisant qu'avec le reste des mortels,
mais il supportait les infamies les plus habiles avec
une mansuétude de chien sans illusions. Tous deux
attrapèrent la varicelle en même temps. Le médecin
qui soigna l'enfant ne résista pas à la tentation
d'ausculter l'ange, et il lui découvrit tant de souffles
au cœur et tant de gargouillis dans les reins qu'il lui
parut incroyable qu'il fût encore en vie. Ce qui
l'étonna le plus, pourtant, ce fut la logique de ses
ailes. Elles étaient si naturelles dans cet organisme
complètement humain qu'on ne pouvait comprendre
pourquoi les autres hommes n'en avaient pas.

Lorsque l'enfant alla à l'école, le soleil et la pluie
avaient depuis longtemps démantibulé le poulailler.
L'ange se traînait ici et là comme un moribond sans
maître. On l'expulsait d'une chambre à coups de balai et un moment plus tard on le retrouvait dans la
cuisine. Il semblait être dans tant d'endroits à la fois
qu'on finit par croire qu'il se dédoublait, qu'il se
multipliait dans toute la maison, et Elisenda, exas-
pérée, criait comme une folle que vivre dans cet enfer
plein d'anges était une calamité. Il pouvait à peine
manger, ses yeux d'antiquaire s'étaient tellement
brouillés qu'il se cognait d'un montant à l'autre, et il
ne lui restait plus que les canules pelées de ses dernières plumes. Pelayo lui jeta sur le dos une couverture et lui fit la charité de le laisser dormir sous le
hangar ; c'est alors qu'ils s'aperçurent qu'il passait la
nuit à délirer de fièvre avec des allitérations de vieux

Norvégien. Ce fut une des rares fois où ils s'alar-
mèrent à la pensée qu'il allait mourir, alors que la
docte voisine n'avait même pas pu leur dire ce qu'on
faisait des anges morts.

Pourtant, non seulement il survécut à son pire hiver, mais il parut même reprendre des forces avec les
premiers soleils. Durant des jours et des jours il se
tint immobile dans le recoin le plus isolé de la cour,
là où personne ne pouvait le voir, et décembre commençait à peine quand de grandes plumes dures lui
naquirent sur les ailes, des plumes de vieux re-
poussoir, qui évoquaient plutôt un nouvel inconvénient de la décrépitude. Mais il devait connaître la
raison de ces transformations, car il prenait bien soin
de les dissimuler, comme il veillait à ce que personne
n'entendît les chansons de matelots qu'il fredonnait
parfois sous les étoiles. Un matin, Elisenda était en
train de couper des rondelles d'oignon pour le déjeuner, lorsque le vent, qui paraissait venir du large, entra dans la cuisine. Alors Elisenda se pencha par la
fenêtre et surprit l'ange dans ses premières tentatives
de vol. Elles étaient si maladroites qu'il ouvrit avec
ses ongles un sillon de charrue dans les légumes et
faillit jeter bas le hangar avec ces battements d'ailes
indignes qui dérapaient sur la lumière et ne trouvaient
pas de poignées auxquelles s'agripper dans l'air.
Finalement, il réussit à prendre de l'altitude. Elisenda
laissa échapper un soupir de soulagement, pour elle et
pour lui, quand elle le vit passer au-dessus des dernières maisons, se soutenant tant bien que mal par un
battement d'ailes hasardeux de vautour sénile. Elle
continua de le voir jusqu'au moment où elle acheva

de couper ses oignons, et elle le vit encore alors qu'il n'était plus possible de le voir, car il n'était plus un embarras dans sa vie, mais un point imaginaire sur l'horizon de la mer.

La mer du temps perdu

Vers la fin de janvier la mer moutonnait, elle se mettait à déverser sur le village une ordure épaisse, et au bout de quelques semaines tout était contaminé par son humeur insupportable. Dès lors le monde n'avait plus d'intérêt, au moins jusqu'au mois de décembre suivant, et personne ne restait éveillé après huit heures du soir. Pourtant l'année où M. Herbert arriva, la mer ne se dégrada pas, même en février. Au contraire, elle se fit de plus en plus lisse et phosphorescente, et dans les premières nuits de mars elle exhala un parfum de roses.

Tobie la surprit. Son sang doux attirait les crabes et il passait la plus grande partie de la nuit à les chasser de son lit, jusqu'au moment où la brise virevoltait et où il réussissait à s'endormir. Durant ses longues insomnies, il avait appris à distinguer chaque variation ambiante. Aussi, lorsqu'il sentit une odeur de roses, il n'eut pas besoin d'ouvrir la porte pour savoir que c'était une odeur qui venait de la mer.

Il se leva tard. Clotilde était en train d'allumer du feu dans la cour. La brise était fraîche et toutes les étoiles à leur place, encore qu'il fût difficile de les compter jusqu'à l'horizon à cause des lumières de la mer. Après avoir pris son café, Tobie sentit un relent de nuit dans la bouche. « Hier soir, se rappela-t-il, il s'est passé quelque chose de vraiment étrange. »

Clotilde, naturellement, ne s'était rendu compte de rien. Elle dormait si profondément qu'elle ne se souvenait même plus de ses rêves.

— C'était une odeur de roses, dit Tobie, et je suis sûr qu'elle venait de la mer.

— J'ignore ce que sentent les roses, dit Clotilde.

C'était peut-être vrai. Le village était aride, avec un sol dur, craquelé par le salpêtre, et seul de temps en temps quelqu'un apportait d'ailleurs un bouquet de fleurs pour le jeter à la mer, à l'endroit où l'on basculait les morts.

— C'est la même odeur qu'avait le noyé de Guacamayal, dit Tobie.

— Bon – Clotilde sourit –, mais si c'était une bonne odeur, tu peux être certain qu'elle ne venait pas de la mer.

C'était, en effet, une mer cruelle. A certaines époques, alors que les filets ne ramenaient que des déchets flottants, les rues du village restaient jonchées de poissons morts quand la marée se retirait. Seule la dynamite faisait réapparaître les épaves de vieux naufrages.

Les rares femmes qui n'avaient pas abandonné le village mijotaient dans la rancœur. Comme Clotilde. Ou comme l'épouse du vieux Jacob qui, ce matin-là, se leva plus tôt qu'à l'accoutumée, rangea la maison et vint prendre le petit déjeuner, la mine défaite.

— Ma dernière volonté, dit-elle à son mari, est d'être enterrée vivante.

Elle prononça ces mots comme si elle se trouvait sur son lit d'agonisante, alors qu'elle était assise au bout de la table, dans la salle à manger aux grandes fenêtres par lesquelles la lumière de mars entrait à flots et se répandait dans toute la maison. Devant elle, apaisant sa faim tranquille, se tenait le vieux Jacob, un homme qui l'aimait tant et depuis si longtemps qu'il ne pouvait plus concevoir aucune souffrance qui n'eût sa femme pour origine.

— Je veux mourir avec la certitude qu'on me mettra sous terre, comme les gens bien, poursuivit-elle. Et la seule façon de le savoir c'est d'aller ailleurs supplier qu'on m'enterre vivante.

— Inutile de supplier qui que ce soit, dit avec calme le vieux Jacob. Je vais moi-même t'y conduire.

— Alors partons, car je ne vais pas tarder à mourir.

Le vieux Jacob l'examina avec attention. Seuls ses yeux demeuraient jeunes. Ses os avaient formé des nœuds aux articulations et elle présentait cet aspect de terre rasée qui, au bout du compte, avait toujours été le sien.

— Tu es plus en forme que jamais, lui dit-il.

— Hier soir, soupira-t-elle, j'ai surpris une odeur de roses.

— Ne te préoccupe pas – le vieux Jacob désirait la tranquilliser. Ce sont des choses qui nous arrivent à nous, les pauvres.

— Taratata, dit-elle. J'ai toujours supplié le ciel de m'annoncer ma mort suffisamment à l'avance, pour mourir loin de la mer. Une odeur de roses, dans ce village, ne peut être qu'un avertissement de Dieu.

Sur le moment, le vieux Jacob ne sut que lui de-

mander d'attendre un peu, le temps de quelques préparatifs. Il avait entendu dire que les gens ne meurent
pas quand ils le doivent mais quand ils le veulent, et
il s'était sérieusement préoccupé par la prémonition
de sa femme. Il se demanda même si, l'instant venu,
il aurait le courage de l'enterrer vivante.

A neuf heures, il ouvrit le local qui lui avait servi
autrefois de boutique. Il disposa sur le seuil deux
chaises et une table avec un damier, et passa la ma-
tinée à jouer avec des adversaires occasionnels. De sa
place, il voyait le village en ruine, les maisons déla-
brées avec des traces de couleurs anciennes rongées
par le soleil, et un carré de mer au bout de la rue.
Avant le déjeuner il joua comme toujours avec don
Maximo Gomez. Le vieux Jacob ne pouvait imaginer
un adversaire plus humain qu'un homme qui avait
survécu intact à deux guerres civiles et n'avait laissé
qu'un œil dans la troisième. Après avoir perdu à des-
sein une partie, il lui proposa la revanche.

— Dites-moi une chose, don Maximo, lui deman-
dait-il alors. Seriez-vous capable d'enterrer vivante
votre femme ?

— Bien sûr, répliqua don Gomez. Et croyez bien
que ma main ne tremblerait pas.

Le vieux Jacob s'enferma dans un silence étonné.
Puis s'étant fait souffler ses meilleurs pions, il soupira :

— Je dis ça parce que Petra va sans doute mourir.

Don Maximo Gomez ne broncha pas.

— Dans ce cas, dit-il, il n'y a pas besoin de
l'enterrer vivante. – Il rafla deux pions et fit une
dame. Puis il fixa sur son adversaire un œil mouillé
par une eau triste : — Qu'est-ce qui vous arrive ?

— Hier soir, expliqua le vieux Jacob, elle a senti une odeur de roses.

— Alors c'est la moitié du village qui va mourir. Depuis ce matin on n'entend parler que de ça.

Le vieux Jacob dut faire un grand effort pour perdre une nouvelle fois sans offenser don Maximo. Il rentra la table et les chaises, ferma la boutique, et fureta à droite et à gauche, à la recherche de quelqu'un qui eût senti l'odeur. Finalement, seul Tobie pouvait l'assurer. Il lui demanda donc d'avoir la gentillesse de passer chez lui, comme ça, l'air de rien, et de tout raconter à sa femme.

Tobie tint parole. A quatre heures, sur son trente et un comme pour une visite, il apparut dans le corridor où Petra avait passé l'après-midi à préparer au vieux Jacob ses vêtements de deuil.

Il fit une entrée si discrète que la femme sursauta.

— Doux Jésus! s'écria-t-elle. J'ai cru que c'était l'archange Gabriel.

— Eh bien, non, dit Tobie. C'est moi, et je viens vous raconter quelque chose.

Elle ajusta ses lunettes et se remit à l'ouvrage.

— Je sais, dit-elle.

— Mais quoi? dit Tobie.

— Qu'hier soir tu as senti une odeur de roses.

— Comment l'avez-vous appris? demanda Tobie désolé.

— A mon âge, dit la femme, on a tellement de temps pour réfléchir qu'on finit par tout deviner.

Le vieux Jacob, qui avait l'oreille collée à la cloison de l'arrière-salle, se redressa honteux.

— Qu'est-ce que tu en penses, mémé? cria-t-il à

travers la cloison. – Il fit le tour et apparut dans le corridor : — Tu vois, ce n'était pas ce que tu croyais.

— Ce garçon raconte des mensonges, dit-elle sans lever la tête. Il n'a rien senti.

— Ça s'est passé vers les onze heures, dit Tobie. Et j'étais en train de chasser les crabes.

La femme finit de repriser le col qu'elle tenait en main.

— Des mensonges, insista-t-elle. Tout le monde sait que tu n'es qu'un bourreur de crâne. – Elle coupa le fil avec ses dents et regarda Tobie par-dessus ses lunettes : — Ce que je ne comprends pas c'est que tu aies pris tout ce soin pour te gominer et briquer tes souliers, rien que pour venir te payer ma tête.

A partir de cet instant, Tobie se mit à surveiller la mer. Il suspendait son hamac dans le couloir de la cour et passait la nuit à attendre, étonné par les choses qui arrivent en ce monde tandis que les gens dorment. Durant des nuits et des nuits il entendit le grattement désespéré des crabes qui essayaient de grimper à même les montants et qui, au bout du compte, se lassèrent d'insister. Il connut la façon dont Clotilde dormait. Il découvrit comment ses ronflements de flûte se faisaient plus aigus au fur et à mesure que la chaleur augmentait, pour n'être plus qu'une seule note langoureuse dans l'engourdissement de juillet.

Au début, Tobie surveilla la mer comme le font ceux qui la connaissent bien, le regard fixé sur un seul point de l'horizon. Il la vit changer de couleur. Il la vit se figer comme un lac puis redevenir écumeuse et sale, et lancer ses rots chargés d'immondices quand les grandes pluies bouleversèrent sa digestion tempétueuse. Peu à peu, il apprit à la surveiller comme le font ceux qui la connaissent mieux, sans même la regarder mais sans pouvoir l'oublier et cela jusque dans leur sommeil.

En août la femme du vieux Jacob mourut. On la trouva morte dans son lit et il fallut la jeter comme tout le monde dans une mer sans fleurs ni couronnes. Tobie, lui, continua d'attendre. Il avait tant attendu que c'était devenu chez lui une véritable manière d'être. Une nuit où il somnolait dans son hamac il se rendit compte que quelque chose avait changé dans l'air. Cela arrivait par bouffées, comme à l'époque où le bateau japonais avait vidé à l'entrée du port une cargaison d'oignons pourris. Puis l'odeur s'implanta et ne bougea plus jusqu'au petit matin. C'est seulement lorsqu'il eut l'impression qu'il pouvait la saisir avec les mains pour la lui montrer que Tobie sauta hors du hamac et entra dans la chambre de Clotilde. Il la secoua et resecoua.

— Je l'ai, lui dit-il.

Clotilde dut écarter l'odeur avec les doigts, comme une toile d'araignée, pour pouvoir s'asseoir dans son lit. Puis elle s'effondra à nouveau dans la douceur des draps.

— Qu'elle aille au diable ! dit-il.

Il fit un bond jusqu'à la porte, se planta au milieu de la rue et se mit à crier. Il cria de toutes ses forces, respira profondément et se remit à crier, puis se tut et respira encore plus profondément : l'odeur était toujours là, dans la mer. Mais personne ne répondit. Alors il alla frapper de porte en porte, même à celles

des maisons vides, jusqu'au moment où son remue-
ménage se mêla à celui des chiens et réveilla tout le
monde.

Beaucoup ne sentirent aucune odeur. Mais
d'autres, les vieux en particulier, descendirent en
jouir sur la plage. C'était un parfum compact qui ne
laissait s'infiltrer aucune senteur du passé. Quelques-
uns, le nez fatigué de tant humer, rentrèrent chez eux.
La plupart restèrent à finir la nuit sur la plage. A
l'aube, l'odeur était si pure qu'on avait du mal à respirer.

Tobie dormit une bonne partie de la journée. Clotilde le rejoignit à l'heure de la sieste et ils passèrent
l'après-midi à s'ébattre au lit sans fermer la porte de
la cour. Ils firent d'abord comme les vers de terre,
puis comme les lapins, et enfin comme les tortues. Le
monde redevint triste et la nuit tomba. L'air gardait
encore des odeurs de roses. Parfois, quelques bribes
de musique visitaient la chambre.

— C'est chez Catarino, dit Clotilde. Quelqu'un
doit être arrivé.

C'étaient trois hommes et une femme. Catarino
pensa que d'autres personnes pourraient encore venir
et il essaya de réparer le gramophone. N'y réussissant
pas, il appela Pancho Aparecido, qui faisait toutes
sortes de choses car il n'avait jamais rien d'autre à
faire et qui possédait en outre une boîte à outils et des
mains intelligentes.

L'établissement de Catarino était une maison de
bois située à l'écart en bordure de mer. Il disposait
d'une grande salle avec des sièges et des tables, et de
plusieurs chambres au fond. Tout en regardant tra-

vailler Pancho Aparecido, les trois hommes et la femme buvaient en silence, assis au comptoir. Ils bâillaient à tour de rôle.

Le vieux phono finit par fonctionner après de nombreux essais. En entendant la musique, lointaine mais reconnaissable, les gens arrêtèrent leurs conversations. Ils se regardèrent et durant un moment ne trouvèrent rien à dire car ils venaient brusquement de réaliser qu'ils avaient beaucoup vieilli depuis ce jour où ils avaient entendu de la musique pour la dernière fois.

Tobie trouva tout le village encore éveillé à neuf heures du soir. Assis devant leur porte, les gens écoutaient les vieux disques de Catarino, dans cette attitude de fatalisme puéril qu'on prend pour regarder une éclipse. Chaque disque leur rappelait un disparu, le goût de certains aliments, après une longue maladie, ou une chose qu'ils avaient pensé faire le lendemain d'un jour maintenant lointain et que l'oubli avait laissée à l'état de projet.

La musique cessa sur le coup de onze heures. Beaucoup se couchèrent, croyant qu'il allait pleuvoir, car il y avait un gros nuage noir au-dessus de la mer. Mais le nuage descendit, flotta un moment à la surface, puis s'enfonça dans l'eau. Il ne resta là-haut que les étoiles. Peu après, la brise du village partit vers le large et en rapporta une odeur de roses.

— Je vous l'avais bien dit, Jacob, s'écria don Maximo Gomez. La revoilà. Je suis sûr que désormais nous la sentirons toutes les nuits.

— Dieu nous en délivre ! dit le vieux Jacob. Cette odeur est la seule chose de ma vie qui soit venue trop tard.

Ils avaient joué aux dames dans la boutique vide sans faire attention aux disques. Leurs souvenirs étaient si anciens qu'il n'existait pas de disques suffisamment vieux pour les émouvoir.

— Moi, en ce qui me concerne, je n'y crois guère, dit don Maximo Gomez. Depuis tant d'années que nous bouffons de la terre, et avec toutes ces femmes qui désirent un petit coin de cour où semer des fleurs, il n'est pas rare qu'on finisse par sentir ces choses-là, et même par croire qu'elles sont certaines.

— Mais cette odeur, nous la respirons avec notre nez ! dit le vieux Jacob.

— Aucune importance, dit don Maximo Gomez. Pendant la guerre, la révolution était déjà perdue, nous avions tellement désiré avoir un général que nous vîmes apparaître le duc de Marlborough en chair et en os. Et je l'ai vu de mes yeux, Jacob !

Il était minuit passé. Quand il resta seul, le vieux Jacob ferma la boutique et transporta la lampe dans sa chambre. Par la fenêtre il apercevait, se découpant sur la phosphorescence de la mer, la falaise d'où l'on précipitait les morts.

— Petra, appela-t-il tout bas.

Elle ne put pas l'entendre. Au même moment, elle naviguait presque à fleur d'eau dans un midi radieux du golfe du Bengale. Elle avait relevé la tête pour voir à travers l'eau, comme sur un vitrail illuminé, un énorme transatlantique. Mais elle ne pouvait voir son mari, qui à cet instant commençait à réentendre le gramophone de Catarino, à l'autre bout du monde.

— Rends-toi compte, dit le vieux Jacob. Il y a six

mois à peine ils te croyaient folle et maintenant ils se divertissent avec cette odeur qui t'a tuée.

Il éteignit et se mit au lit. Il pleura doucement – ce pleurnichement sans grâce des vieillards – mais il ne tarda pas à s'endormir.

— Je décamperais avec plaisir, sanglota-t-il dans son assoupissement. J'irais au diable, si au moins j'avais vingt pesos en poche.

A partir de cette nuit-là, et durant plusieurs semaines, l'odeur persista sur la mer. Elle imprégna le bois des maisons, les aliments et l'eau potable, et on ne pouvait aller nulle part sans la respirer. Beaucoup s'effrayèrent de la trouver dans la buée de leurs excréments. Les hommes et la femme installés chez Catarino partirent un vendredi mais revinrent le samedi avec un brouhaha d'autres visiteurs. Le dimanche, il en arriva encore. Ils grouillaient partout, cherchant de quoi manger et où dormir, à tel point qu'on ne pouvait plus marcher dans la rue.

Et l'on vit venir beaucoup d'autres gens. Les filles de joie, qui avaient pris le large quand le village agonisait, regagnèrent l'établissement de Catarino. Plus grassouillettes et plus peinturlurées qu'avant, elles rapportèrent des disques en vogue qui ne rappelaient plus rien à personne. Et l'on vit venir quelques-uns des anciens habitants, qui étaient partis se putréfier ailleurs dans l'argent et qui rentraient au pays en parlant de leur fortune, mais avec les mêmes vêtements qu'ils portaient au départ. Et l'on vit venir des orchestres et des tombolas, des loteries, des voyantes et des gangsters, et des fakirs avec des serpents enroulés autour du cou qui vendaient l'élixir de l'immortalité. Tous continuèrent à affluer durant plusieurs semaines, même après les premières pluies, quand la mer devint trouble et que l'odeur disparut.

Parmi les derniers, arriva un curé. Il apparut partout, mangeant du pain trempé dans un bol de café au lait, et peu à peu se mit à interdire tout ce qui l'avait précédé : les loteries, la musique moderne et les danses qui l'accompagnaient, et même l'habitude récente de dormir sur la plage. Un après-midi, chez Melchor, il consacra un sermon à l'odeur de la mer.

— Remerciez le ciel, mes fils. Car ceci est l'odeur de Dieu.

Quelqu'un lui coupa la parole :

— Comment pouvez-vous le savoir, mon père, si vous ne l'avez pas encore respirée.

— Les Saintes Ecritures sont explicites à son sujet. Nous sommes dans un village élu par Dieu.

Tobie zigzaguait comme un somnambule au milieu de la fête. Il emmenait Clotilde faire connaissance avec l'argent. Ils imaginèrent qu'ils jouaient des sommes énormes à la roulette, puis ils firent les comptes et se sentirent immensément riches avec l'argent qu'ils auraient pu gagner. Un soir pourtant, non seulement Tobie et Clotilde mais toute la foule qui occupait le village virent sous leur nez beaucoup plus d'argent que n'aurait pu en contenir leur imagination.

L'événement eut lieu le soir même où arriva M. Herbert. Celui-ci apparut brusquement, plaça une table au milieu de la rue, et sur la table deux grandes malles remplies jusqu'aux bords de billets de banque. Il y avait tant d'argent qu'au début personne n'y prêta attention, car on ne pouvait y croire vraiment. Mais quand M. Herbert commença à agiter une petite cloche, les gens finirent par ne plus douter et s'approchèrent pour l'écouter.

— Vous avez devant vous l'homme le plus riche du monde, dit-il. J'ai tellement d'argent que je ne sais plus où le mettre. Et comme j'ai de surcroît un cœur si grand qu'il ne tient plus dans ma poitrine, j'ai pris la décision de parcourir le monde pour y résoudre les problèmes du genre humain.

Il était grand et rougeaud. Il parlait fort et sans arrêt, en agitant des mains tièdes et alanguies, mais soigneusement entretenues. Il parla durant un quart d'heure et fit une pause. Puis il secoua à nouveau sa clochette et se remit à discourir. Brusquement, quelqu'un agita un chapeau dans la foule et l'interrompit.

— Allons, mister, parlez un peu moins et commencez plutôt à répartir l'argent.

— Non, comme ça, non ! répliqua M. Herbert. Répartir l'argent, sans rime ni raison, serait un procédé injuste et qui n'aurait aucun sens.

Il chercha des yeux celui qui l'avait interrompu et l'ayant découvert, lui fit signe de s'approcher. La foule s'ouvrit devant l'homme.

— Par contre, poursuivit M. Herbert, cet ami impatient va nous permettre maintenant d'expliquer le système le plus équitable de distribution de la richesse.

Il lui tendit la main et l'aida à monter.

— Comment t'appelles-tu ?

— Patricio.

— Très bien, Patricio, dit M. Herbert. Comme tout

le monde, tu as depuis longtemps un problème que tu n'arrives pas à résoudre.

Patricio enleva son chapeau et fit oui de la tête.

— Lequel ?

— Heu ! mon problème est le suivant, dit Patricio. Je n'ai pas d'argent.

— Et combien te faut-il ?

— Quarante-huit pesos.

M. Herbert lança une exclamation de triomphe. « Quarante-huit pesos », répéta-t-il. La foule applaudit.

— Très bien, Patricio, continua M. Herbert. Et maintenant, explique-nous : Que sais-tu faire ?

— Beaucoup de choses.

— Choisis, dit M. Herbert. Choisis celle que tu vas le mieux réussir.

— Bon, dit Patricio. Je vais faire comme les oiseaux.

En applaudissant à nouveau, M. Herbert s'adressa à la foule.

— Eh bien, mesdames et messieurs, notre ami Patricio, qui imite à merveille le chant des oiseaux, va imiter quarante-huit oiseaux différents, et résoudre de cette manière le grand problème de sa vie.

Au milieu du silence ébahi de la multitude, Patricio fit alors comme les oiseaux. Tantôt en sifflant, tantôt avec la gorge, il imita tous les oiseaux connus, et compléta le chiffre avec des cris d'autres espèces que personne ne réussit à identifier. Après quoi M. Herbert demanda un ban pour notre homme et lui remit quarante-huit pesos.

— Et maintenant, dit-il, vous allez venir chacun à

votre tour. Jusqu'à demain à la même heure, je suis ici pour résoudre les problèmes.

Le vieux Jacob apprit tout ce remue-ménage grâce aux commentaires des gens qui passaient devant chez lui. Chaque fois qu'un élément nouveau lui parvenait son cœur se dilatait, se dilatait, et il finit par le sentir qui éclatait.

— Qu'est-ce que vous pensez de ce *gringo* [1] ? demanda-t-il.

Don Maximo Gomez haussa les épaules.

— Un philanthrope, sans doute.

— Si je savais faire quelque chose, dit le vieux Jacob, je pourrais résoudre mon petit problème. Ce n'est pas grand-chose : vingt pesos.

— Vous jouez très bien aux dames, dit don Maximo Gomez.

Le vieux Jacob ne parut pas l'entendre. Mais une fois seul il enveloppa le damier et la boîte de pions dans un journal et il partit défier M. Herbert. Il attendit son tour jusqu'à minuit. Finalement, M. Herbert fit enlever les malles et prit congé jusqu'au lendemain.

Il n'alla pas se coucher. Il apparut chez Catarino, avec les hommes qui portaient les malles, et la foule l'y suivit avec ses problèmes. Un à un, il les résolut, et il en résolut tant qu'il ne resta plus pour finir dans l'établissement que les filles et quelques hommes qui n'avaient plus de problèmes. Au fond du salon se tenait une femme solitaire qui s'éventait lentement avec un carton publicitaire.

---

1. En Amérique latine, nom péjoratif donné aux Américains des Etats-Unis. *(N.d.T.)*

— Et toi ? lui cria M. Herbert. Quel est ton problème ?

La femme cessa de s'éventer.

— Moi, vous ne me ferez pas entrer dans votre cirque, mister, lança-t-elle d'un bout à l'autre du salon. Je n'ai pas de problèmes et je suis putain parce que ça me flatte le con !

M. Herbert haussa les épaules. Il continua de boire de la bière glacée, près des malles ouvertes, en attendant d'autres problèmes. Il suait à grosses gouttes. Peu après, une fille se détacha du groupe qui l'accompagnait à une table et lui parla à l'oreille. Elle avait besoin de cinq cents pesos.

— Combien prends-tu ? demanda M. Herbert.

— Cinq pesos.

— Imagine un peu, dit M. Herbert. Il te faut cent clients.

— Je m'en fous, dit-elle. Si je réunis l'argent, ce seront les cent derniers de ma vie.

Il l'examina. Elle était très jeune et avait des membres fragiles, mais ses yeux exprimaient une résolution sans appel.

— Parfait, dit M. Herbert. Va dans ta chambre, je vais te les envoyer, chacun avec ses cinq pesos.

Il sortit sur le seuil, côté rue, et agita sa clochette. A sept heures du matin, Tobie vit que l'établissement de Catarino était encore ouvert. Tout était éteint. A moitié endormi, gonflé de bière, M. Herbert contrôlait les visites des hommes dans la chambre de la fille.

Tobie entra. La fille le connaissait et s'étonna de le voir dans sa chambre.

— Toi aussi ?

— On m'a dit d'entrer. On m'a donné cinq pesos et on m'a dit : « Fais vite. »

Elle ôta du lit le drap trempé et demanda à Tobie de le tenir par un des bords. Il pesait comme un mât de misaine. Ils l'essorèrent en le tordant par les deux bouts, jusqu'à ce qu'il eût retrouvé son poids normal. Ils retournèrent le matelas : la sueur ruisselait de l'autre côté. Tobie fit sa petite affaire malgré tout et, avant de sortir, déposa les cinq pesos sur le tas de billets qui grandissait auprès du lit.

— Envoie le plus de gens possible, lui recommanda M. Herbert. On pourra peut-être liquider l'affaire avant midi.

La fille entrouvrit la porte et demanda une bière glacée. Plusieurs hommes attendaient leur tour.

— Combien en faut-il encore ? demanda-t-elle.

— Soixante-trois, répondit M. Herbert.

Le vieux Jacob passa toute la journée à le poursuivre avec le damier. Le soir tombait quand il réussit à lui exposer son problème et M. Herbert accepta. Ils placèrent deux chaises et la petite table sur la grande table, en pleine rue, et le vieux Jacob ouvrit le jeu. Ce fut la dernière partie qu'il réussit à préméditer. Il la perdit.

— Quarante pesos, dit M. Herbert, et je vous donne deux pions d'avance.

Le *gringo* gagna la deuxième partie. Ses mains touchaient à peine les pions. Il joua les yeux bandés, en devinant la position de l'adversaire, et gagna encore. La foule se lassa de les regarder. Quand le vieux Jacob décida de capituler, il devait cinq mille sept cent quarante-deux pesos vingt-trois centavos.

Il ne se troubla pas. Il nota le chiffre sur un papier qu'il ramassa dans sa poche. Puis il plia le damier, rangea les pions dans la boîte et renveloppa le tout dans le journal.

— Faites de moi ce que vous voudrez, dit-il, mais laissez-moi mon jeu. Je vous promets que je passerai le reste de ma vie à jouer pour acquitter ma dette.

M. Herbert regarda sa montre.

— Je suis vraiment navré, dit-il. Mais le délai expire dans vingt minutes. – Il attendit, le temps de se convaincre que l'adversaire ne trouverait pas de solution : — Vous n'avez rien d'autre ?

— L'honneur.

— Je veux dire, expliqua M. Herbert, ce qui change de couleur quand on passe dessus un pinceau baveux de peinture.

— La maison, dit le vieux Jacob comme s'il déchiffrait une devinette. Elle ne vaut pas tripette, mais c'est une maison.

C'est ainsi que M. Herbert hérita de la maison du vieux Jacob. Il hérita en outre des maisons et biens d'autres gens aussi dans l'incapacité de payer, mais il ordonna une semaine de flonflons, de pétards et d'équilibristes, et dirigea la fête en personne.

Ce fut une semaine inoubliable. M. Herbert évoqua le merveilleux destin du village et il dessina même les plans de la cité future, qui aurait d'immenses édifices tout en verre et des pistes de danse sur les terrasses. Il les montra à la foule. Tous les regardèrent médusés, en essayant de se retrouver dans les passants en couleur peints par M. Herbert, mais ils étaient si bien habillés qu'ils n'arrivèrent pas à se reconnaître.

Leur cœur se fatigua de tellement battre. Ils se mo-
quèrent des envies de pleurer qui avaient été les leurs
en octobre et vécurent sur les nébuleuses de l'espé-
rance, jusqu'au jour où M. Herbert agita sa clochette et
proclama la fin de la fête. Alors seulement il se reposa.

— Il va mourir, avec la vie qu'il mène ! dit le vieux
Jacob.

— J'ai tellement d'argent, dit M. Herbert, qu'il n'y
a aucune raison pour que je meure.

Il s'effondra sur son lit. Il dormit des semaines, en
ronflant comme un lion, et tant de jours passèrent que
les gens se lassèrent de l'attendre. On dut déterrer des
crabes pour manger. Les nouveaux disques de Catarino devinrent si vieux que personne ne pouvait
plus les écouter sans pleurer, et il fallut fermer
l'établissement.

Il y avait longtemps déjà que durait le sommeil de
M. Herbert, quand le curé frappa à la porte du vieux
Jacob. La maison était fermée de l'intérieur. A mesure que la respiration du dormeur épuisait l'air, les
choses perdaient de leur poids et certaines commençaient à flotter.

— Je veux lui parler, dit le curé.

— Il faut attendre, dit le vieux Jacob.

— Je suis pressé.

— Asseyez-vous, mon père, et attendez, insista le
vieux Jacob. Et si vous voulez me faire ce plaisir,
parlons. Il y a belle lurette que je n'ai plus de nouvelles de l'extérieur.

— C'est la débandade, dit le curé. Bientôt, le village sera redevenu comme avant. C'est la seule nouveauté.

— Les gens reviendront, dit le vieux Jacob, quand l'odeur de roses reviendra.

— Mais, entre-temps, il faut nourrir les illusions de ceux qui restent, dit le curé. Il est urgent de commencer à construire l'église.

— C'est pourquoi vous êtes venu chercher M. Herbert, dit le vieux Jacob.

— Exact, dit le curé. Les *gringos* sont très charitables.

— Alors, attendez, mon père, dit le vieux Jacob. Il est possible qu'il se réveille.

Ils jouèrent aux dames. Ce fut une partie longue et difficile, qui dura des jours et des jours, mais M. Herbert ne se réveilla pas.

Le curé se laissa gagner par le désespoir. On le vit partout, avec une sébile de cuivre, demander des aumônes pour construire l'église, mais il n'obtint que des broutilles. A force de supplier, il devint de plus en plus diaphane, ses os se mirent à se remplir de bruits et, un dimanche, il s'éleva de deux empans au-dessus du sol, mais personne ne le sut. Alors il mit ses effets dans une valise et l'argent collecté dans une autre, et fit des adieux définitifs.

— L'odeur ne reviendra pas, dit-il à ceux qui tentaient de le dissuader. Il faut se rendre à l'évidence : ce village est tombé dans le péché mortel.

Quand M. Herbert se réveilla, le village était le même qu'autrefois. La pluie avait fermenté les immondices laissées par la foule dans les rues, et le sol était à nouveau aride et dur comme une brique.

— J'ai beaucoup dormi, dit en bâillant M. Herbert.

— Des siècles, dit le vieux Jacob.

— Je suis mort de faim.

— Tout le monde est comme vous, dit le vieux Jacob. Il ne vous reste plus d'autre solution que d'aller à la plage déterrer des crabes.

Tobie le découvrit en train de gratter le sable, la bouche pleine d'écume, et il fut surpris que les riches affamés ressemblassent tant aux pauvres. M. Herbert ne trouva pas assez de crabes. En fin d'après-midi, il invita Tobie à chercher quelque chose à manger au fond de la mer.

— Ecoutez, l'avertit Tobie. Seuls les morts savent ce qu'il y a aussi profond.

— Les savants aussi, dit M. Herbert. Sous la mer des naufrages il y a des tortues à la chair délicieuse. Déshabillez-vous et allons-y.

Ils y allèrent. Ils nagèrent d'abord en ligne droite, puis en descendant, très profond, jusqu'à ces lieux où s'achevait la lumière du soleil, puis celle de la mer, et où les choses n'étaient plus visibles que par leur propre clarté. Ils passèrent devant un village englouti avec des hommes et des femmes à cheval, qui tournaient autour du kiosque à musique. Le jour était splendide et il y avait des coulées de fleurs vives sur les terrasses.

— C'est un dimanche qui s'est noyé, vers onze heures du matin, dit M. Herbert. Sans doute à cause d'un cataclysme.

Tobie obliqua en direction du village, mais M. Herbert lui fit signe de le suivre jusqu'au fond.

— Là-bas, il y a des roses, dit Tobie. Je veux que Clotilde les connaisse.

— Tu reviendras un autre jour plus calmement, dit M. Herbert. Maintenant je suis mort de faim.

Il descendait comme un poulpe, à longues et prudentes brassées. Tobie, qui faisait effort sur effort pour ne pas le perdre de vue, pensa que ce devait être la façon de nager des gens riches. Peu à peu ils laissèrent derrière eux la mer des catastrophes habituelles et entrèrent dans la mer des défunts.

Il y en avait tellement que Tobie crut n'avoir jamais vu autant de monde chez les vivants. Ils flottaient immobiles, sur le dos, à différents niveaux, et tous avaient l'expression des êtres oubliés.

— Ce sont des morts très anciens, dit M. Herbert. Il leur a fallu des siècles pour parvenir à cet état de repos.

Plus bas, dans les eaux des morts récents, M. Herbert s'arrêta. Tobie le rejoignit à l'instant où passait devant eux une femme très jeune. Elle flottait sur le côté, les yeux ouverts, poursuivie par un courant de fleurs.

M. Herbert mit un doigt sur sa bouche et resta ainsi jusqu'à ce que les dernières fleurs se fussent éloignées.

— C'est la femme la plus belle que j'aie jamais vue, dit-il.

— C'est l'épouse du vieux Jacob, dit Tobie. Elle a cinquante ans de moins, mais c'est elle. Je vous le certifie.

— Elle a beaucoup voyagé, dit M. Herbert. Elle traîne derrière elle la flore de toutes les mers du monde.

Ils arrivèrent au fond. M. Herbert tourna et retourna sur un sol qui paraissait d'ardoise sculptée. Tobie le suivit. Quand il se fut accoutumé à la pénombre des grands fonds, ses yeux aperçurent les tortues. Il y en avait des milliers, posées au fond, et si immobiles qu'elles semblaient pétrifiées.

— Elles sont vivantes, dit M. Herbert, mais elles dorment depuis des millions d'années.

Il en retourna une. D'un mouvement doux il la poussa vers le haut et la bête endormie lui échappa des mains et continua à monter à la dérive. Tobie la laissa passer. Alors il regarda vers la surface des eaux et vit à l'envers toute la mer.

— On croit rêver, dit-il.

— Pour ton bien, lui dit M. Herbert, n'en parle à personne. Imagine le charivari qu'il y aurait sur terre si les gens l'apprenaient.

Il était presque minuit quand ils regagnèrent le village. Ils réveillèrent Clotilde pour qu'elle fît chauffer de l'eau. M. Herbert égorgea la tortue, mais à eux trois ils durent poursuivre le cœur et le tuer à nouveau car il sortit en bondissant à travers la cour quand ils le découpèrent. Ils mangèrent à s'en étouffer.

— Bon, Tobie, dit alors M. Herbert, l'heure est venue d'affronter la réalité.

— Je vous l'accorde.

— Et la réalité, continua M. Herbert, c'est que cette odeur ne reviendra pas.

— Elle reviendra.

— Elle ne reviendra pas, intervint Clotilde. Et d'abord, parce qu'elle n'est jamais venue. C'est toi qui as emberlificoté tout le monde.

— Toi-même, tu l'as sentie, dit Tobie.

— Cette nuit-là, j'avais à moitié perdu la tête, dit

Clotilde. Mais maintenant je ne suis plus sûre de rien en ce qui concerne cette mer.

— C'est pourquoi moi je m'en vais, dit M. Herbert. Vous devriez aussi partir. Le monde a trop de possibilités pour que vous restiez ici à crever de faim.

Il partit. Tobie demeura dans la cour, à compter les étoiles jusqu'à l'horizon, et il découvrit qu'il y en avait trois de plus qu'au dernier mois de décembre. Clotilde l'appela dans sa chambre, mais il fit la sourde oreille.

— Viens donc, sauvage, insista-t-elle. Il y a des siècles que nous ne faisons pas comme les petits lapins.

Tobie attendit un long moment. Quand il entra enfin, elle s'était rendormie. Il la réveilla à moitié, mais il était si fatigué que tous deux confondirent les choses et en désespoir de cause finirent par faire comme les vers de terre.

— Tu es troublé, dit Clotilde, de méchante humeur. Essaie de penser à autre chose.

— Je pense à autre chose.

Elle voulut savoir à quoi, et il décida de le lui confier à condition qu'elle ne le répétât pas. Clotilde promit.

— Au fond de la mer, dit Tobie, il y a un village plein de petites maisons blanches et des millions de fleurs sur les terrasses.

Clotilde se prit la tête à deux mains.

— Ah! Tobie, s'écria-t-elle. Ah! Tobie, pour l'amour du ciel, tu ne vas pas recommencer avec tes folies.

Tobie resta silencieux. Il se laissa rouler jusqu'au

bord du lit et essaya de dormir. Il n'y réussit qu'au petit matin, lorsque la brise varia et que les crabes le laissèrent en paix.

Le noyé le plus beau du monde

Les premiers gamins qui virent le promontoire sombre et secret qui se rapprochait peu à peu sur la mer crurent qu'il s'agissait d'un bateau ennemi. Puis ils remarquèrent qu'il n'avait ni pavillon ni mâts, et ils pensèrent que c'était une baleine. Mais quand il vint s'échouer sur le sable et qu'ils dégagèrent les buissons de sargasses, les filaments de méduses et les restes de bancs de poissons et de naufrages qui le recouvraient, ils découvrirent que c'était un noyé.

Ils avaient joué tout l'après-midi à l'enterrer et à le déterrer dans le sable quand quelqu'un par hasard les aperçut et alerta le village. Les hommes qui le transportèrent jusqu'à la maison la plus proche constatèrent qu'il pesait plus lourd que les autres morts, presque autant qu'un cheval, et ils se dirent que peut-être il était resté trop longtemps à la dérive et que l'eau avait fini par pénétrer dans la moelle des os. Quand ils l'étendirent sur le sol ils virent que sa taille dépassait celle des autres hommes, car il tenait à peine dans la maison, mais ils pensèrent que peut-être la faculté de continuer à grandir après la mort était le privilège de certains noyés. Il avait une odeur de mer, et seule sa forme permettait de supposer que c'était bien le cadavre d'un être humain, car sa peau était revêtue d'une cuirasse de boue et de rémoras.

Ils n'eurent pas besoin de lui nettoyer le visage pour comprendre qu'ils avaient affaire à un mort venu d'ailleurs. Le village avait à peine une vingtaine de baraques en planches, avec des cours de caillasse sans une seule fleur, égaillées à l'extrémité d'un cap désertique. La terre y était si rare que les mères vivaient dans la crainte que le vent n'emportât les enfants; quant aux morts, peu nombreux, victimes du temps, il fallait les jeter par-dessus les falaises. Pourtant la mer était paisible et généreuse, et sept canots permettaient d'embarquer la totalité des hommes du pays. Aussi, quand ils trouvèrent le noyé, leur suffit-il de se regarder pour se rendre compte qu'ils étaient au complet.

Ce soir-là, on ne sortit pas travailler au large. Tandis que les hommes vérifiaient s'il ne manquait personne dans les villages voisins, les femmes restèrent à s'occuper du noyé. Elles le décrottèrent avec des tampons de crin végétal, débarrassèrent ses cheveux de leurs broussailles sous-marines et décollèrent les rémoras avec des couteaux à écailler. Elles constatèrent bientôt que la végétation qui le couvrait appartenait à des océans lointains et à des eaux profondes, et que ses vêtements étaient en lambeaux, comme s'il avait navigué à travers des labyrinthes de corail. Elles notèrent également qu'il subissait sa mort avec fierté, car il n'avait pas l'air esseulé des noyés en mer, ni la mine sordide et pauvrette des noyés de rivières. Mais ce fut quand la toilette fut terminée qu'elles prirent conscience de la véritable

classe du mort, et elles en eurent le souffle coupé.
Non seulement c'était l'homme le plus grand, le plus
fort, le plus viril et le mieux pourvu qu'elles eussent
jamais contemplé, mais plus elles le regardaient et
plus il débordait du cadre de leur imagination.

On ne trouva dans le village aucun lit assez long
pour l'étendre ni aucune table assez solide pour le
veiller. Il n'entrait pas dans les pantalons de cérémonie des hommes les plus grands, ni dans les chemises du dimanche des plus corpulents, ni dans les
souliers des pieds les plus volumineux. Fascinées par
ses dimensions exceptionnelles et sa beauté, les
femmes décidèrent alors de lui tailler un pantalon
dans un vaste morceau de toile à voile, et une chemise dans de l'organdi de mariée, pour qu'il pût
continuer à assumer sa mort avec dignité. Tandis
qu'elles cousaient assises en rond, admirant le cadavre entre deux aiguillées, il leur semblait que le
vent n'avait jamais été aussi tenace ni la mer Caraïbe
aussi anxieuse que ce soir-là, et elles supposaient que
ces changements avaient quelque chose à voir avec le
mort. Elles pensaient que si cet homme magnifique
avait vécu au village, sa maison aurait eu les portes
les plus spacieuses, le plafond le plus haut et le plancher le plus robuste, et que les traverses de son lit auraient été de grosses poutrelles retenues par des bou-
lons d'acier, et que sa compagne, à n'en pas douter,
aurait été la plus comblée ! Elles pensaient qu'il aurait eu tant d'autorité qu'il eût sorti les poissons de la
mer rien qu'en les appelant par leurs noms, et il aurait
mis tant de zèle à travailler qu'il eût fait jaillir des
sources d'entre les pierres les plus arides et même

réussi à semer des fleurs sur les falaises. Elles le comparèrent en secret à leurs maris, pensant qu'ils ne seraient pas capables de faire durant toute une vie ce que celui-là était capable de faire en une nuit, et elles finirent par les répudier au fond de leurs cœurs comme les êtres les plus malingres et les plus mesquins de la terre. Elles s'égaraient dans ces labyrinthes de l'imagination lorsque la plus âgée, celle qui justement parce qu'elle était la plus âgée avait regardé le noyé avec moins de passion que de compassion, soupira :

— Il a une tête à s'appeler Esteban.

C'était vrai. Il suffit à la plupart d'entre elles de le regarder une nouvelle fois pour comprendre qu'il ne pouvait porter un autre nom. Les plus têtues, autrement dit les plus jeunes, gardèrent l'illusion qu'en l'habillant, couché parmi les fleurs avec des souliers vernis, il pourrait s'appeler Lautaro. Mais ce ne fut qu'une illusion. La toile était trop courte, le pantalon mal coupé et encore plus mal cousu était trop étroit, et les forces secrètes de son cœur faisaient sauter les boutons de la chemise. Passé minuit, le vent atténua ses sifflements et la mer tomba dans la torpeur du mercredi. Le silence chassa les derniers doutes : c'était bien Esteban. Les femmes qui l'avaient habillé, celles qui l'avaient coiffé, celles qui lui avaient coupé les ongles et nettoyé la barbe, ne purent réprimer un frisson de pitié quand elles durent se résigner à l'abandonner étendu à même le sol. C'est alors qu'elles comprirent combien avec ce corps de géant il avait dû être malheureux, puisque celui-ci l'embarrassait jusque dans la mort. Elles le virent condamné de son vivant à se pencher pour franchir les portes, à s'ouvrir le crâne contre les linteaux, à rester là planté debout durant les visites sans savoir où mettre ses mains tendres et roses de lamantin, tandis que la maîtresse de maison cherchait la chaise la plus résistante et le suppliait morte de peur asseyez-vous Esteban, je vous en prie, et lui, renversé contre le mur, qui souriait, ne vous en faites pas madame, je suis très bien, les talons à vif et le dos échaudé à force de rabâcher les mêmes phrases à toutes ses hôtesses, ne vous en faites pas madame, je suis très bien, rien que pour éviter la honte de démantibuler la chaise, et sans avoir jamais su peut-être que ceux qui lui disaient ne t'en va pas Esteban, attends au moins qu'on ait fini le café, étaient les mêmes qui murmuraient plus tard il est parti ce grand abruti, ouf! alors, il est parti, ce beau connard. Voilà ce que pensaient les femmes devant le cadavre un peu avant le petit jour. Plus tard, quand elles lui couvrirent le visage avec un mouchoir pour que la lumière ne le gênât pas, elles le virent si définitivement mort, si fragile, si semblable à leurs époux, que les premières lézardes des larmes s'ouvrirent dans leur cœur. L'une des plus jeunes se mit à sangloter. Les autres, sous l'effet de la stimulation, passèrent des soupirs aux lamentations, et plus elles sanglotaient plus elles éprouvaient le désir de pleurer, car le noyé ressemblait un peu plus chaque fois à Esteban; elles finirent par tellement le pleurer qu'il devint l'homme le plus déshérité de la terre, le plus doux et le plus serviable, ce pauvre Esteban. Si bien que, lorsque les hommes revinrent avec la nouvelle que le noyé n'était pas non plus un habitant des villages voisins, elles respirèrent de joie parmi les larmes :

— Dieu soit loué ! soupirèrent-elles. Il est à nous !

Les hommes crurent que ces simagrées n'étaient que féminines futilités. Fatigués par les tortueuses vérifications de la nuit, leur seul désir était de se débarrasser de cet obstacle de l'intrus avant que le soleil farouche de ce jour aride et sans vent n'allumât sa fournaise. Ils improvisèrent un brancard avec des débris de misaine et de bôme, et le renforcèrent avec dcs carlingucs dc hautc mcr, pour qu'il supporte le poids du corps jusqu'aux falaises. Ils voulurent enrouler aux chevilles du mort une ancre de navire marchand pour qu'il descende sans anicroche dans les abysses où les poissons sont aveugles et où les scaphandriers meurent de nostalgie, et pour que les courants pervers n'aillent pas le rendre au rivage, comme cela avait été le cas avec d'autres cadavres. Mais plus ils se hâtaient et plus les femmes trouvaient le moyen de perdre leur temps. Elles se démenaient comme des poules effrayées en train de picorer des amulettes marines dans les coffres, les unes mettant ici un beau bordel en voulant accrocher au noyé le scapulaire du bon vent, les autres semant la pagaille pour lui passer au poignet une boussole portative, et après tant de pousse-toi ma vieille, va voir ailleurs si j'y suis, regarde tu as failli me faire tomber sur le mort, les hommes commencèrent à se sentir chatouillés par la méfiance et ils se mirent à rouspéter mais bon dieu pourquoi toute cette quincaillerie de maître-autel pour un étranger, avec toutes ces casseroles et ces chaudrons que vous lui foutez, les requins vont quand

même le bouffer, mais elles continuaient à tripoter
leurs reliques de pacotille, remportant, emportant,
disputant, tandis que les larmes qu'elles ne versaient
pas partaient en soupirs, à tel point que les hommes
finirent par la trouver vraiment mauvaise, depuis
quand un tel remue-ménage pour un mort à la dérive,
un noyé de rien du tout, un macchabée de merde. Une
des femmes, mortifiée par tant d'apathie, enleva le
mouchoir de la tête du cadavre, et les hommes à leur
tour en restèrent le souffle coupé.

C'était Esteban. Pas besoin de le répéter, ils le re-
connaissaient. Si on leur avait dit : Sir Walter Ra-
leigh, peut-être qu'eux, même eux, auraient été im-
pressionnés par son accent yankee, son perroquet sur
l'épaule, son arquebuse pour tuer des cannibales,
mais Esteban ne pouvait être qu'unique au monde, et
il était là étendu comme une alose, sans bottines,
avec un pantalon de prématuré et ces ongles rocailleux qu'on ne pouvait tailler qu'à l'aide d'un couteau.
Maintenant qu'il n'avait plus son mouchoir il était
tout penaud, non ce n'était pas sa faute s'il était si
grand, si lourd et si beau, et s'il avait su ce qui allait
lui arriver il aurait cherché un endroit plus discret
pour se noyer, sérieusement, je me serais attaché
moi-même une ancre de galion autour du cou et
j'aurais hésité sur les falaises comme quelqu'un qui
refuse la situation, pour ne pas vous déranger maintenant avec ce mort du mercredi, comme vous dites,
pour n'embêter personne avec cette saloperie de macchabée qui n'a rien à voir avec moi. Il y avait tant de
vérité dans son comportement que même les hommes
les plus méfiants, ceux qui durant les nuits poin-

tilleuses au large se sentaient amers tant ils craignaient que leurs femmes ne se lassent de rêver à eux
pour rêver aux noyés, oui, même ceux-là, et d'autres
plus coriaces, frémirent jusqu'à la moelle devant la
sincérité d'Esteban.

Aussi lui fit-on les plus somptueuses funérailles
qu'on pût imaginer pour un noyé sans origine. Quelques femmes, qui étaient allées chercher des fleurs
dans les villages voisins, revinrent avec d'autres
compagnes qui ne croyaient pas ce qu'on leur racontait, et celles-ci, quand elles virent le mort, allèrent
chercher d'autres fleurs et ramenèrent d'autres compagnes, jusqu'au moment où il y eut tant de fleurs et
tant de gens qu'on pouvait à peine avancer. Au dernier moment, on souffrit tellement de le rendre orphelin à la mer qu'on lui désigna un père et une mère
choisis parmi les meilleurs, et d'autres se proclamè-
rent frères, oncles, tantes et cousins, si bien que par
son intermédiaire tous les habitants du village finirent
par être parents. Quelques marins qui entendirent les
pleurs au loin s'égarèrent, et l'un d'eux raconta qu'il
s'était fait ficeler au grand mât, en souvenir de
vieilles fables de sirènes. Tandis qu'ils se disputaient
le privilège de le transporter sur leurs épaules à travers la pente escarpée des falaises, hommes et femmes prirent pour la première fois conscience de la désolation de leurs rues, de l'aridité de leurs cours, de la
mesquinerie de leurs rêves, devant l'éclat et la beauté
de leur noyé. Ils le lâchèrent sans ancre, pour qu'il revienne s'il le voulait et quand il le voudrait, et tous
retinrent leur souffle durant cette fraction de siècle
que le corps mit à tomber dans l'abîme. Ils n'eurent

pas besoin de se regarder pour comprendre qu'ils n'étaient plus au complet, et ne le seraient plus jamais. Mais ils savaient aussi que désormais tout serait différent, que leurs maisons allaient avoir des portes plus spacieuses, des plafonds plus hauts et des planchers plus robustes pour que le souvenir d'Esteban puisse se promener partout sans se cogner contre les linteaux, et qu'à l'avenir personne n'oserait murmurer il est mort ce grand abruti, quel dommage, il est mort ce beau connard, car ils allaient peindre les façades avec des couleurs gaies pour éterniser la mémoire d'Esteban, et ils allaient s'échiner à creuser des sources dans les cailloux et à semer des fleurs sur les falaises, pour qu'à chaque aube des années futures les passagers des grands bateaux se réveillent suffoqués par une odeur de jardins en haute mer, et que le capitaine soit obligé de descendre de son poste de commandement en grand uniforme, avec son astrolabe, son étoile polaire et son chapelet de médailles de guerre, et que le doigt pointé sur ce promontoire dressant ses roses sur l'horizon des Caraïbes, il dise en quatorze langues : Regardez là-bas, là où le vent est maintenant si paisible qu'il reste à dormir sous les lits, là-bas, là où le soleil brille si fort qu'ils ne savent plus de quel côté orienter les tournesols, oui, là-bas, c'est le village d'Esteban.

Mort constante
au-delà de l'amour

Six mois et onze jours avant sa mort, le sénateur Onésime Sanchez connut la femme de sa vie. Il la rencontra au Rosier du Vice-Roi, un village de rien du tout ; la nuit, c'était un havre clandestin pour les bateaux des contrebandiers mais il n'offrait au grand soleil que les apparences d'un trou perdu et inutile du désert, face à une mer aride et sans issues, si éloigné de tout qu'on aurait eu peine à croire que quelqu'un pouvait y détourner le destin de quelqu'un d'autre. Son nom semblait un canular puisque l'unique rose qu'on avait vue dans le village avait été subtilisée par le sénateur Onésime Sanchez le soir même où il fit la connaissance de Laura Farina.

Ce fut une escale inévitable dans la campagne électorale qui a lieu tous les quatre ans. Les fourgons de la troupe étaient arrivés dès le matin, précédant les camions chargés d'Indiens qu'on amenait contre quelques pesos dans les villages pour grossir les foules des cérémonies officielles. Un peu avant onze heures, avec la musique, les fusées et les jeeps du cortège, la voiture ministérielle, couleur sirop de fraise, arriva. Le sénateur Onésime Sanchez paraissait placide et sans âge à l'intérieur de la voiture climatisée, mais dès que la portière s'ouvrit une bouffée de feu le fit frémir et sa chemise en soie naturelle fut aussitôt trempée d'une soupe blanchâtre. Il se sentit brusquement beaucoup plus vieux et plus seul que jamais. Il venait de fêter ses quarante-deux ans, avait honorablement décroché son diplôme d'ingénieur métallurgiste à Göttingen et s'acharnait à lire sans grand résultat des traductions minables de classiques latins. Il était marié à une pimpante Allemande dont il avait eu cinq enfants qui vivaient tous heureux à la maison et lui-même avait été l'homme le plus heureux du monde jusqu'au jour où, trois mois plus tôt, on lui avait annoncé qu'il serait mort et bien mort pour le prochain Noël.

Pendant qu'on terminait les préparatifs de la cérémonie officielle, le sénateur réussit à s'isoler une heure dans la maison qu'on lui avait réservée pour se relaxer. Avant de s'étendre il mit dans un verre d'eau une rose qu'il avait gardée vivante à travers ce désert, prit pour déjeuner les céréales de régime qu'il emportait avec lui pour éliminer les trop nombreuses tripes de chevrette qui l'attendaient en fin de journée et avala plusieurs analgésiques avant l'heure prévue, afin d'éprouver le soulagement avant la souffrance. Ensuite il brancha le ventilateur électrique tout près du hamac où il s'étendit nu pendant quinze minutes à l'ombre de la rose, tout en faisant un grand effort de distraction mentale pour ne plus penser à la mort pendant qu'il sommeillait. A part les médecins, personne ne savait qu'il était condamné à courte échéance puisqu'il avait décidé de garder pour lui ce secret, sans rien changer à sa vie, non par orgueil mais par pudeur.

Il se sentait tout à fait maître de lui quand, à trois heures de l'après-midi, il réapparut en public, frais et dispos, vêtu d'un pantalon de lin écru et d'une chemise à fleurs, l'âme euphorique sous l'effet des cachets. Néanmoins, l'érosion de la mort était plus perfide qu'il ne le supposait car au moment de grimper à la tribune, il sentit un mépris étrange pour ceux qui se disputaient la chance de lui serrer la main et ne plaignit pas comme autrefois ces ribambelles d'Indiens aux pieds nus qui résistaient mal aux braises de salpêtre de la petite place stérile. D'un signe de la main, et presque avec rage, il fit cesser les applaudissements et se mit à parler sans un geste, les yeux fixés sur la mer qui soupirait de chaleur. Sa voix lente et profonde avait la qualité de l'eau au repos mais le discours appris par cœur et tant de fois rabâché n'était pas destiné à dire la vérité; il s'agissait de contrecarrer une sentence fataliste du livre IV des souvenirs de Marc-Aurèle.

— Nous sommes ici pour vaincre la Nature, commença-t-il contre toutes ses convictions. Nous ne serons plus les enfants trouvés de la patrie, les orphelins de Dieu au royaume de la soif et de l'intempérie, ni les exilés sur notre propre terre. Nous serons autre chose, mesdames et messieurs, nous serons grands et heureux.

C'étaient les formules de son cirque. Pendant qu'il parlait, ses adjoints jetaient dans l'air des poignées de cocottes en papier, et les faux animaux prenaient vie, voltigeaient au-dessus des tribunes et filaient vers la mer. En même temps d'autres comparses retiraient des camions des arbres de théâtre aux feuilles de feutre et les plantaient derrière la multitude sur le sol de salpêtre. Enfin, ils élevèrent un décor de carton-pâte avec de fausses maisons de brique rouge et de fausses vitres aux fenêtres, cachant ainsi les masures de la vie réelle.

Le sénateur prolongea son discours, avec deux citations en latin, afin que la farce fût plus complète. Il promit des machines à fabriquer la pluie, des éleveuses portatives pour les animaux destinés aux marmites, des huiles de bonheur qui feraient pousser des légumes dans le salpêtre et des grappes de bougainvillées aux fenêtres. Quand il vit qu'il ne manquait plus rien à son monde de fiction, il l'indiqua du doigt :

— Voilà comment nous serons, mesdames et messieurs ! cria-t-il. Voilà comment nous serons ! Regardez bien.

Le public se retourna. Un transatlantique en papier peint passa derrière les maisons, un transatlantique plus haut que les maisons les plus hautes de la ville artificielle. Le sénateur fut le seul à observer qu'à force d'être monté et démonté, trimbalé d'un endroit à un autre, le village de carton superposé était lui aussi rongé par l'intempérie, et aussi pauvre, aussi poussiéreux et triste que le Rosier du Vice-Roi.

Pour la première fois depuis douze ans, Nelson Farina n'était pas allé saluer le sénateur. Il écouta le discours, couché dans son hamac, entre les pauses de la sieste, sous le frais abri d'une maison en bois brut qu'il avait construite de ses mains d'apothicaire, celles-là mêmes qui avaient dépecé sa première femme. Il s'était enfui du pénitencier de Cayenne pour réapparaître au Rosier du Vice-Roi à bord d'un bateau chargé d'innocents perroquets, accompagné d'une belle négresse blasphématrice qu'il avait rencontrée à Paramaribo et dont il avait eu une fille. La femme mourut de mort naturelle peu de temps après, mais n'eut pas la chance de la précédente dont les restes alimentaient les choux-fleurs de son potager. Elle fut enterrée complète, avec son nom de Hollandaise, au cimetière local. La fille avait hérité de son teint et de sa taille, et des yeux jaunes et ahuris de son père qui, de ce fait, pensait qu'il élevait la femme la plus belle du monde.

Quand il avait fait la connaissance du sénateur Onésime Sanchez, lors de la première campagne électorale, Nelson Farina lui avait demandé de l'aider à obtenir une fausse carte d'identité qui le mettrait à l'abri de la justice. Le sénateur, aimable mais ferme, refusa. Nelson Farina ne s'était pas avoué vaincu ; pendant plusieurs années, chaque fois qu'il en avait eu l'occasion, il avait renouvelé sa demande, sous une forme ou sous une autre. Mais il obtenait toujours la même réponse. Cette fois donc il resta dans son hamac, condamné à pourrir vivant dans ce repaire torride de boucaniers. Quand il entendit les applaudissements finaux il allongea la tête et, par-dessus les pieux de l'enclos, vit l'envers de la farce : les fondations des édifices, les armatures des arbres, les illusionnistes cachés qui poussaient le transatlantique. Il cracha sa rancune.

— *Merde*, dit-il. *C'est le Blacaman de la politique* [1].

---

1. En français dans le texte. *(N.d.T.)*

Son discours terminé, le sénateur fit, comme il en avait l'habitude, un petit tour dans les rues du village, en compagnie de la musique et des fusées, assiégé par les gens du coin qui lui racontaient leurs malheurs. Le sénateur les écoutait de bonne humeur et trouvait toujours une manière de consoler les uns et les autres sans leur accorder de faveurs compliquées. Une femme, grimpée sur le toit d'une maison et flanquée de ses six enfants, put se faire écouter malgré le raffut et les pétarades des fusées.

— Je ne demande pas grand-chose, monsieur le sénateur, dit-elle. Seulement un âne pour transporter l'eau du Puits-du-Pendu.

Le sénateur aperçut les six enfants crasseux.

— Qu'est devenu ton mari ? demanda-t-il.

— Il est parti chercher fortune à l'île d'Aruba, répondit gaiement la femme. Et la seule chose qu'il a trouvée c'est une de ces étrangères qui se mettent des diamants dans les dents.

La réponse provoqua le fou rire général.

— Ça va, dit le sénateur. Tu auras ton âne.

Peu après, un de ses aides amena chez la femme une bête de somme qui portait sur les flancs, peinte pour l'éternité, une consigne électorale afin que nul n'oublie que c'était un présent du sénateur.

Pendant ce bref discours, il eut d'autres petites attentions. Il donna même une cuillerée à un malade qui s'était fait sortir de son lit et transporter sur le seuil de sa porte pour le voir passer. Au coin de la rue, entre les piliers de la cour, il vit Nelson Farina dans son hamac ; il lui parut grisonnant et morne. Il le salua froidement.

— Comment allez-vous ?

Nelson Farina se retourna et l'engloutit dans l'ambre triste de son regard.

— *Moi, vous savez* [1], dit-il.

Sa fille sortit dans la cour en entendant le bonjour. Elle portait une robe guajira ordinaire et usée, sa tête était ornée de rubans multicolores et son visage barbouillé de crème solaire. Malgré cette apparence négligée, elle pouvait laisser croire qu'il n'y avait pas de femme plus belle sur cette terre. Le sénateur en eut le souffle coupé.

— Saperlotte ! soupira-t-il, surpris. Le Ciel a parfois de ces idées !

Ce soir-là, Nelson Farina revêtit sa fille de ses plus beaux atours et l'envoya chez le sénateur. Deux gardes armés de pistolets et dont les têtes dodelinaient sous la chaleur de la maison lui ordonnèrent d'attendre sur l'unique chaise du vestibule.

Le sénateur était dans la pièce contiguë, en réunion avec les notables du Rosier du Vice-Roi qu'il avait convoqués pour leur chanter les vérités cachées dans ses discours. Ils ressemblaient tellement à tous les autres qu'il rencontrait dans ces villages du désert qu'Onésime Sanchez en avait plein le dos de ces sessions du soir. Sa chemise était trempée de sueur et il tentait de la sécher à même le corps avec la brise chaude du ventilateur électrique qui bourdonnait comme une grosse mouche dans la somnolence de la salle.

— Nous autres, bien sûr, nous ne gobons pas de

---

1. En français dans le texte. *(N.d.T.)*

cocottes en papier, dit-il. Vous et moi nous savons
que le jour où il y aura des arbres et des fleurs dans
ce merdier de chèvres, le jour où il y aura des aloses
au lieu de larves de moustiques dans les puits, ce
jour-là ni vous ni moi n'aurons plus rien à faire ici.
Vous me suivez?

Personne ne répondit. Pendant qu'il parlait, le sénateur avait arraché une feuille du calendrier dont il
avait fait avec ses mains un papillon. Il le glissa dans
l'air du ventilateur, sans aucune raison. Le papillon
voltigea dans la salle puis s'envola par la porte en-
trouverte. Le sénateur continua de parler avec une
assurance soutenue par la complicité de la mort.

— Donc, dit-il, je n'ai pas à vous redire ce que
vous savez déjà : que ma réélection est une meilleure
affaire pour vous que pour moi, car j'en ai jusqu'ici
des eaux pourries et de la sueur des Indiens, tandis
que vous, vous en vivez.

Laura Farina vit sortir le papillon en papier. Elle
fut la seule à le voir puisque les gardes du vestibule
s'étaient endormis sur les bancs, les fusils entre les
bras. Après quelques tours, l'énorme papillon litho-
graphié se déplia complètement et alla s'écraser
contre le mur où il resta collé. Laura Farina essaya de
l'arracher avec ses ongles. Un des gardes, réveillé par
les applaudissements de la pièce voisine, se rendit
compte de l'inutilité de la tentative.

— On ne peut pas l'arracher, dit-il encore endormi.
Il est peint sur le mur.

Laura Farina allait se rasseoir quand les hommes
de la réunion commencèrent à sortir. Le sénateur se
tenait à la porte de la pièce, la main sur la poignée, et

vit Laura Farina seulement quand le vestibule fut vidé.

— Que fais-tu ici ?

— *C'est de la part de mon père* [1], dit-elle.

Le sénateur comprit. Il examina les gardes endormis, examina ensuite Laura Farina dont la beauté incroyable était plus impérieuse que sa douleur et résolut que la mort déciderait pour lui.

— Entre, lui dit-il.

Laura Farina resta émerveillée au seuil de la pièce : des milliers de billets de banque volaient dans l'air, en battant des ailes comme le papillon. Mais le sénateur éteignit le ventilateur et les billets, désormais sans air, vinrent se poser sur les objets de la salle.

— Tu vois, dit-il en souriant, même la merde ça vole.

Laura Farina s'assit, comme sur un tabouret d'école. Elle avait la peau lisse et tendue, de la couleur et de la même densité solaire que le pétrole brut. Ses cheveux ressemblaient aux crins des jeunes pouliches et ses yeux immenses étaient plus clairs que la lumière. Le sénateur suivit son regard qui alla se poser sur la rose tachée par le salpêtre.

— C'est une rose, dit-il.

— Oui, dit-elle d'un air perplexe. J'en ai vu à Riohacha.

Le sénateur s'assit sur le lit de camp, parlant des roses tandis qu'il déboutonnait sa chemise. Sur un côté de la poitrine, là où il supposait que le cœur se

---

1. En français dans le texte. *(N.d.T.)*

logeait, il avait un tatouage de corsaire : un cœur
percé d'une flèche. Il jeta au sol sa chemise humide
et demanda à Laura Farina de l'aider à enlever ses
bottes.

Elle s'agenouilla devant le lit. Le sénateur continuait à la scruter, pensif, pendant qu'elle dénouait les
lacets. Il se demanda lequel des deux serait le plus
malchanceux dans cette aventure.

— Tu es encore une gamine, dit-il.

— Ne croyez pas ça, dit-elle. Je vais avoir dix-neuf
ans en avril.

Le sénateur se sentit intéressé.

— Quel jour ?

— Le onze, dit-elle.

Le sénateur sentit un soulagement.

— Nous sommes Bélier, dit-il. – Et il ajouta en
souriant : — C'est le signe de la solitude.

Laura Farina ne fit pas attention à lui car elle ne savait pas quoi faire des bottes. Le sénateur, de son
côté, ne savait pas quoi faire de Laura Farina, n'ayant
pas l'habitude des amours imprévues. De plus, celui-
ci avait, à ses yeux, une origine indigne. Uniquement
pour gagner du temps et réfléchir, il saisit Laura
Farina entre ses genoux, lui entoura la taille et
s'étendit à la renverse sur le lit de camp. C'est alors
qu'il réalisa qu'elle était nue sous sa robe ; son corps
exhalait une odeur obscure d'animal des bois mais
elle avait le cœur qui sautait et la peau glacée de
frayeur.

— Personne ne nous aime, soupira-t-il.

Laura Farina voulut dire quelque chose, mais il ne
lui restait plus assez d'air. Juste le nécessaire pour

respirer. Il la coucha à son côté pour l'aider, éteignit la lumière et la chambre resta dans la pénombre de la rose. Elle s'abandonna à la miséricorde de son destin. Le sénateur la caressa doucement, sa main la cherchait en la touchant à peine, et là où il espérait la trouver, il buta sur un obstacle en fer.

— Qu'est-ce que tu as là ?

— Un cadenas, dit-elle.

— Quelle connerie ! dit le sénateur furieux. Et il lui demanda ce qu'il savait très bien : — Où est la clef ?

Laura Farina respira, soulagée.

— C'est mon papa qui l'a, répondit-elle. Il m'a chargée de vous dire que vous pourriez l'envoyer chercher par un messager à qui vous devrez remettre une promesse écrite d'arranger sa situation.

Le sénateur se contraria : « Cornard de merde ! » murmura-t-il, indigné. Puis il ferma les yeux pour se relaxer et se mit à penser dans l'obscurité. *Rappelle-toi*, se souvint-il, *que ce soit toi ou un autre, vous serez morts bientôt et peu de temps après, on aura oublié jusqu'à votre nom* [1]. Il laissa passer le frisson.

— Dis-moi une chose, demanda-t-il ensuite. Qu'as-tu entendu dire de moi ?

— Vous voulez savoir la vérité, la vraie ?

— Je veux savoir la vérité, la vraie.

— Eh bien, osa murmurer Laura Farina, on dit que vous êtes pire que les autres parce que vous êtes différent.

Le sénateur ne se troubla pas. Il se tut longuement,

---

1. En français dans le texte. *(N.d.T.)*

ferma les yeux et, quand il les rouvrit, on aurait cru qu'il revenait de ses instincts les plus cachés.

— Quelle merde ! conclut-il. Tu diras à ton cocu de père que je vais lui arranger son affaire.

— Si vous voulez, je vais moi-même chercher la clef, dit Laura Farina.

Le sénateur la retint.

— Oublie la clef, dit-il, et dors un moment avec moi. C'est bon d'avoir quelqu'un quand on est seul.

Elle le prit alors contre son épaule, les yeux fixés sur la rose. Le sénateur lui entoura la taille, cacha son visage dans son aisselle d'animal des bois et succomba à la terreur. Six mois et onze jours plus tard, il mourut dans la même position, corrompu et répudié par le scandale public à cause de Laura Farina. Mais il pleurait de rage de mourir sans elle.

Le dernier voyage
du vaisseau fantôme

Maintenant ils vont voir à qui ils ont affaire, se dit-il, d'une voix nouvelle, une grosse voix d'homme, bien des années après avoir vu pour la première fois l'énorme transatlantique, silencieux et éteint, qui passa une nuit devant le village comme un grand palais inhabité et poursuivit sa navigation dans les ténèbres vers la ville coloniale fortifiée contre les boucaniers de l'autre côté de la baie, avec son ancien port négrier et son phare tournant dont les lugubres ailes de moulin transformaient, toutes les quinze secondes, le village en camp lunaire aux maisons phosphorescentes et aux rues de déserts volcaniques, il n'était alors qu'un gamin sans grosse voix d'homme, autorisé pourtant par sa maman à rester très tard sur la plage pour y écouter les harpes nocturnes du vent, et il pouvait affirmer comme s'il l'avait encore devant les yeux que le transatlantique disparaissait quand le rayon du phare touchait son flanc et réapparaissait le rayon une fois disparu, se profilant ainsi comme une sorte de bateau intermittent qui surgissait et s'évanouissait dans son glissement vers l'entrée de la baie, cherchant avec des tâtonnements de somnambule les bouées qui jalonnaient le chenal, quand

brusquement quelque chose avait dû se dérégler dans
l'aiguillage car il dériva vers les écueils, les heurta,
éclata en morceaux et coula sans bruit, bien qu'un tel
choc contre les récifs eût dû produire un tonnerre
d'acier et une explosion de machines capables de gla-
cer d'épouvante les dragons les plus endormis dans la
forêt préhistorique qui commençait dans les dernières
rues de la ville et s'achevait à l'autre bout du monde,
si bien que lui-même crut qu'il rêvait, surtout le
lendemain, quand il aperçut l'aquarium radieux de la
baie, le méli-mélo de couleurs des baraques des nègres sur les collines du port, les goélettes des contrebandiers des Guyanes recevant leurs cargaisons
d'innocents perroquets au jabot rempli de diamants,
je me suis endormi en comptant les étoiles, pensa-t-il,
et j'ai rêvé de ce bateau énorme, évidemment, et il en
demeura si convaincu qu'il n'en parla à personne et
oublia sa vision jusqu'à cette nuit de mars où ses
yeux, cherchant des sillages de dauphins dans la mer,
découvrirent le transatlantique illusoire, sombre,
intermittent, dérivant vers le même destin fatal, à
cette différence près qu'il était si certain, lui, d'être
bien réveillé qu'il courut raconter l'affaire à sa mère,
laquelle passa trois semaines à gémir de déception
car tu te ratatines le ciboulot à faire le contraire des
gens en dormant le jour et en courant la nuit comme
les voyous, et comme elle devait aller à la ville acheter quelque siège confortable dans lequel penser à son
défunt mari, onze années de veuvage ayant fini par
user les pivots de son rocking-chair, elle profita de
l'occasion pour demander au pilote de la vedette
d'aller du côté des récifs afin que son fils voie ce

qu'il vit en effet dans la vitrine de la mer, les amours des raies cornues en des printemps d'éponges, les pagres roses et les corbeaux de mer bleus s'ébattant dans les courants les plus doux à l'intérieur des eaux, et même les chevelures errantes des noyés d'un naufrage de l'époque coloniale, mais aucune trace du transatlantique englouti, croyez-moi sur parole, et pourtant il s'obstina tant et si bien que sa mère lui promit de l'accompagner dans sa nouvelle observation au mois de mars de l'année prochaine, mais oui, c'est certain, ignorant que la seule certitude concernant son avenir était un fauteuil de l'époque de Francis Drake acheté dans une brocante de Turcs[1], siège qu'elle occupa le soir même pour se reposer, en soupirant mon pauvre Holopherne, si tu voyais comme on est bien pour penser à toi sur ces housses de velours avec ce brocart de catafalque de reine, mais voilà que plus elle invoquait le défunt mari et plus les bulles montaient en elle tandis que le sang de son cœur devenait chocolat, comme si au lieu d'être assise elle se fût mise à courir, toute baignée de sueur froide et l'haleine envahie par la terre, jusqu'au moment où rentrant à l'aube il la découvrit morte dans son fauteuil, encore chaude, mais déjà à demi décomposée comme les victimes des serpents, et comme les quatre femmes qui moururent peu après, avant qu'on ne jette à la mer le fauteuil assassin, très loin, là où il ne ferait de mal à personne, lui qu'on avait tellement utilisé au cours des siècles qu'il avait

---

1. Nom donné en Colombie aux Syriens, Libanais et, d'une façon générale, aux gens d'origine arabe installés dans le pays. *(N.d.T.)*

perdu toute sa faculté d'assumer le repos, notamment
à la mère de celui qui dut s'habituer à sa misérable
routine d'orphelin, montré du doigt par tous comme
le fils de la veuve qui avait apporté ici le trône du
malheur et qui vivait moins de la charité publique
que du poisson qu'il volait dans les barques, tandis
que sa voix devenait rêche comme du chanvre et qu'il
oubliait ses visions d'antan jusqu'à cette autre nuit de
mars où il se mit à regarder la mer par hasard et où
brusquement ah, maman ! c'était lui, ou plutôt c'était
elle, cette gigantesque baleine d'amiante, la bête
braillarde, venez voir, cria-t-il, le sang tourné, venez
voir, suscitant un tel raffut d'aboiements et une telle
panique chez les femmes que les vieux du pays se
souvinrent de l'effroi de leurs arrière-grands-parents
et se fourrèrent sous leurs lits croyant au retour de
William Dampier, pourtant ceux qui sortirent alors ne
se soucièrent pas de regarder l'incroyable embar-
cation qui au même instant perdait à nouveau son
orientation pour se démantibuler en son désastre an-
nuel, ils la criblèrent de coups et la laissèrent si tordue qu'il décréta alors, écumant de rage, maintenant
ils vont voir à qui ils ont affaire, mais il prit soin de
ne confier à personne sa décision et passa au contraire toute l'année à cultiver son idée fixe, maintenant ils vont voir à qui ils ont affaire, attendant la
veille de l'apparition pour agir comme il le fit, c'est
le moment, et il vola une barque, traversa la baie et
passa la soirée à attendre la grande heure de sa vie
dans les méandres du port négrier, au milieu de la
saumure humaine des Caraïbes, mais si préoccupé
par son aventure qu'il ne s'arrêta pas comme à

l'accoutumée devant les étalages des Hindous pour contempler les mandarins d'ivoire sculpté dans une défense entière d'éléphant, ne se moqua pas des nègres hollandais pédalant sur leurs bécanes orthopédiques, ne s'effraya pas à la vue des Malais à la peau de cobra qui avaient fait le tour du monde fascinés par l'illusion d'une taverne mystérieuse où l'on servait des steaks de Brésiliennes au feu de bois, car il ne se rendit compte de rien jusqu'au moment où la nuit lui tomba dessus avec tout son poids d'étoiles et où la forêt exhala un doux parfum de gardénias et de salamandres en décomposition, alors qu'il ramait sur la barque volée en direction de l'entrée de la baie, son fanal éteint pour ne pas alerter les policiers de la douane, transfiguré toutes les quinze secondes par les ailes vertes du phare et réhumanisé par l'obscurité, en sachant qu'il longeait maintenant les bouées du chenal non seulement parce qu'il voyait un peu plus chaque fois leur éclat étouffant mais aussi parce que la respiration de l'eau devenait triste, et il ramait si perdu dans ses pensées qu'il ne sut pas d'où lui arriva soudain une effrayante haleine de requin ni pourquoi la nuit se fit aussi noire comme si les étoiles étaient mortes brusquement, et alors il vit le transatlantique dans toute son incroyable dimension, ah! maman, plus grand que toutes les grandes choses de ce monde et plus sombre que les choses les plus sombres de la terre ou de l'eau, trois cent mille tonnes d'odeur de requin passant si près de la barque qu'il pouvait distinguer les jointures du précipice d'acier, sans une seule lumière dans l'infinité des hublots, sans un soupir dans les machines, sans âme qui vive, portant en

soi son atmosphère de silence, son ciel vide, son air
sans oxygène, son temps immobile, sur une mer er-
rante où flottait un monde d'animaux noyés, tout ce
qui disparut d'un coup sous le balaiement lumineux
du phare tandis que renaissaient pour un instant la
diaphanéité des Caraïbes, la nuit de mars, l'air quoti-
dien des pélicans, à tel point qu'il demeura seul
parmi les bouées, déconcerté, se demandant stupéfait
si vraiment il ne rêvait pas éveillé, s'il n'avait
pas toujours rêvé éveillé, quand un souffle mysté-
rieux éteignit les bouées de la première à la dernière,
tant et si bien que lorsque passa la clarté du phare le
transatlantique réapparut, et sa boussole était totale-
ment déréglée, peut-être ne savait-il même plus dans
quel endroit de l'océan il se trouvait, il cherchait à
tâtons le chenal invisible mais en réalité il dérivait
vers les récifs, jusqu'au moment où il eut la révéla-
tion plus que surprenante que cet obstacle des bouées
était la dernière clef du sortilège, alors il alluma la
lampe de la barque, un petit lampion rouge qui
n'avait pas de quoi inquiéter qui que ce fût dans les
minarets de la douane, mais qui dut être pour le pilote
une sorte de soleil oriental, car aussitôt le transatlantique corrigea sa direction et entra par la grande
balise du chenal, amorçant une heureuse manœuvre
de résurrection, et toutes les lumières s'allumèrent à
la fois, les chaudières se remirent à ronfler, les étoiles
scintillèrent dans leur ciel et les cadavres des animaux s'enfoncèrent dans les eaux, et il y eut un tinta-
marre d'assiettes et une odeur de sauce au laurier
dans les cuisines, on entendit le saxo de l'orchestre
sur le pont baigné de lune et le toum-toum des artères

des amoureux de haute mer dans la pénombre des ca-
bincs, mais il portait encore en lui tant de rages ac-
cumulées qu'il ne se laissa pas étourdir par l'émotion
ni intimider par le prodige, mais se dit au contraire,
plus décidé que jamais, maintenant ils vont voir à qui
ils ont affaire, bordel de dieu, maintenant ils vont voir
ça, et au lieu de se ranger sur le côté pour ne pas être
bousculé par cette machine colossale il se mit à ramer
au-devant d'elle, ah! mais maintenant ils vont voir à
qui ils ont affaire, et il continua d'orienter le navire
avec sa lampe jusqu'au moment où étant sûr qu'on
lui obéissait, il l'obligea à modifier à nouveau sa
route en direction des quais, le fit sortir du chenal
invisible et le conduisit comme un agneau de mer au
bout d'une corde vers les lumières du village endormi, bateau vivant et invulnérable aux faisceaux du
phare qui maintenant ne l'occultaient plus mais lui
donnaient un éclat d'aluminium toutes les quinze secondes, lors que déjà commençaient à se préciser les
croix de l'église, la misère des maisons, l'illusion, et
le navire le suivait toujours, il le suivait avec tout ce
qu'il transportait, son capitaine endormi allongé du
côté du cœur, les taureaux de combat dans la neige de
leurs boxes, le malade solitaire dans son infirmerie,
l'eau orpheline de ses citernes, le pilote irréductible
qui dut confondre les falaises avec les quais car au
même instant éclata le mugissement gigantesque de
la sirène, une première fois, et il se retrouva trempé
par la trombe de vapeur qui s'abattit sur lui, puis une
deuxième fois, et la barque fut sur le point de chavirer, puis une troisième, mais il était déjà trop tard car
voici que surgissaient les coquillages de la rive, les

pierres de la rue, les portes des incrédules, le village
entier illuminé par les propres lumières du transatlantique épouvanté, et il eut à peine le temps de
s'écarter pour laisser passer le cataclysme, criant au
milieu du séisme, regardez-le, pauvres cons, une se-
conde avant que la terrible coque d'acier ne fende la
terre et qu'on entende très nettement le bruit de casse
des quatre-vingt-dix mille cinq cents coupes de
champagne qui se brisèrent l'une après l'autre de la
proue à la poupe, et alors le jour parut et ce n'était
pas une aube de mars mais l'heure de midi d'un mercredi radieux, et il put s'offrir le plaisir de voir les
incrédules contempler bouche bée le transatlantique
le plus grand de ce monde et de l'autre, échoué devant l'église, plus blanc que tout le reste, vingt fois
plus haut que le clocher et environ quatre-vingt-dix-
sept fois plus long que le village, avec son nom gravé
en lettres de fer, *Halalcsillag,* et dont les flancs cra-
chaient les vieilles eaux langoureuses des murs de la
mort.

Blacaman,
le bon marchand de miracles

Dès le premier dimanche où je le vis, il me fit l'effet d'une mule de valet d'arène avec ses bretelles en velours cousues de fils d'or, ses bagues aux pierres de couleurs à tous les doigts et sa tresse de grelots, grimpé sur une table dans le port de Santa-Maria-del-Darien, au milieu des flacons de remèdes et des herbes lénitives qu'il préparait lui-même et proposait à cor et à cri dans les villages des Caraïbes, à ceci près qu'il n'était pas alors en train d'essayer de vendre aucune de ces saloperies pour Indiens, mais demandait qu'on lui apportât un vrai serpent pour expérimenter sur sa propre personne un contrepoison de son invention, le seul infaillible, mesdames et messieurs, contre les piqûres de serpents, tarentules et scolopendres, ou les morsures de mammifères venimeux de toute sorte. Quelqu'un, très impressionné par sa détermination, alla chercher dieu sait où et lui apporta dans un bocal un crotale de la pire espèce, celle qui commence par empoisonner la respiration, et il ôta le couvercle avec un tel empressement que nous crûmes tous qu'il allait dévorer le reptile, mais à peine celui-ci se sentit-il libre qu'il bondit hors du

bocal et lui ouvrit dans le cou une entaille qui lui
coupa le souffle en plein bla-bla-bla, et il n'eut pas
plus tôt absorbé l'antidote que son dispensaire de
pacotille s'écroula sur la foule et que lui-même resta
à se rouler par terre, son énorme corps disloqué
comme si les os avaient fondu, sans pour autant cesser de rire de toutes ses dents en or. Le remue-ménage fut tel qu'un cuirassé du Nord, qui était à quai
depuis près de vingt ans en visite de courtoisie, décréta la quarantaine pour que le venin du serpent ne
montât pas à bord, et les gens qui étaient en train de
célébrer le dimanche des Rameaux sortirent de la
messe avec leurs palmes bénites, personne ne voulant
manquer le spectacle de l'empoisonné que l'air de la
mort commençait à boursoufler, et qui était déjà deux
fois plus gros, rejetant une écume de fiel par la bouche et s'ébrouant par tous les pores, sans cesser de
rire avec tant de vie que ses grelots lui tintinna-
bulaient sur tout le corps. L'enflure fit éclater les lacets de ses guêtres et les coutures de ses vêtements,
ses doigts se boudinèrent sous la pression des bagues,
il devint de la couleur du cerf en saumure et il lui sortit bien malgré lui quelques galanteries de dernière
heure, si bien que tous ceux qui avaient vu un homme
piqué par un serpent surent qu'il était en train de
pourrir avant de mourir et qu'il finirait si émietté
qu'on devrait le ramasser avec une pelle pour le jeter
dans un sac, mais on pensait aussi que, même à l'état
de sciure, il continuerait de rire. C'était si incroyable
que les fusiliers marins montèrent sur les passerelles
du bateau pour prendre des photos en couleurs avec
des appareils à longue distance, mais les femmes qui

étaient sorties de la messe contrarièrent leurs plans en recouvrant le moribond d'une couverture et en posant dessus les palmes bénites, les unes parce qu'il leur déplaisait que l'infanterie de marine profanât le corps avec des machines d'adventistes, d'autres parce qu'elles craignaient de voir plus longtemps cet idolâtre capable de mourir de rire, et d'autres pour le cas où elles obtiendraient ainsi que l'âme, du moins, se vidât de son poison. Tout le monde le croyait mort quand il écarta les rameaux d'un geste du bras, encore à demi étourdi et épuisé par ce mauvais quart d'heure, redressa la table sans l'aide de personne, y grimpa de nouveau comme un crabe et se remit à crier que ce contrepoison était tout bonnement la main de Dieu dans un petit flacon, comme nous avions tous pu le constater de nos propres yeux, et pourtant il ne coûtait que deux cuartillos, pour la raison qu'il ne l'avait pas inventé pour se remplir les poches mais pour le bien de l'humanité, et maintenant au premier qui lève la main j'offre un flacon gratuit, mesdames et messieurs, ne vous bousculez pas s'il vous plaît, il y en aura pour tout le monde.

Eh bien si, on se bouscula et on eut raison car il n'y en eut pas pour tout le monde. Même l'amiral du cuirassé emporta son petit flacon, après l'avoir entendu certifier que c'était également bon contre les plombs empoisonnés des anarchistes, et les matelots ne se contentèrent pas de prendre de lui, juché sur la table, les photos en couleurs qu'ils n'avaient pu faire lorsqu'il était mort, ils lui demandèrent aussi des autographes, à tel point qu'il en eut des crampes dans le bras. Il faisait presque nuit et seuls les plus scep-

tiques d'entre nous traînaient encore du côté du port
quand il chercha des yeux pour l'aider à ramasser ses
flacons quelqu'un qui eût la tête de l'emploi, et bien
entendu ce fut sur moi que son regard s'arrêta. Cela
ressemblait au regard du destin, non seulement du
mien, mais aussi du sien, car plus d'un siècle s'est
écoulé et nous nous en souvenons encore lui et moi
comme si l'affaire avait eu lieu dimanche dernier.
Nous étions donc en train de ranger sa pharmacie de
fête foraine dans une malle à torsades pourpres qui
avait plutôt l'allure d'un tombeau d'érudit quand il
dut déceler en moi quelque lumière qu'il n'avait pas
remarquée auparavant, car il me demanda avec mauvaise humeur qui es-tu ? et moi je lui répondis que
j'étais l'unique orphelin de père et de mère dont le
père ne fût pas encore mort, alors il éclata de rire, un
rire plus retentissant que celui qu'avait provoqué le
venin, et il me demanda qu'est-ce que tu fais dans la
vie ? et je lui répondis que je ne faisais rien d'autre
qu'être vivant parce que tout le reste ne valait pas une
crotte, alors il rit à nouveau aux larmes et me demanda quelle était la science que j'aimerais le plus
connaître sur cette terre, et ce fut la seule fois où je
lui dis la vérité sans plaisanter, que je voulais être devin, et cette fois il ne rit plus mais me dit, comme s'il
réfléchissait à haute voix, qu'il me manquait peu de
chose pour cela, car je possédais déjà l'essentiel, à savoir ma tête d'imbécile. Le soir même il s'entretint
avec mon père et pour un réal et deux cuartillos auxquels on adjoignit un jeu de cartes à pronostiquer les
adultères il m'acheta définitivement.

Tel était Blacaman, le mauvais, puisque le bon,

c'est moi. Il était capable de convaincre un astro-
nome de ce que le mois de février n'était rien de plus
qu'une troupe d'éléphants invisibles, mais dès que la
chance tournait il exhibait un cœur de pierre. En ses
temps glorieux il avait été embaumeur de vice-rois et
on raconte qu'il leur composait un visage empreint
d'une telle autorité que, pendant nombre d'années, ils
continuaient à mieux gouverner que de leur vivant,
nul n'osait donc les enterrer tant qu'il ne leur avait
pas rendu leur apparence de défunts, ce qui n'em-
pêcha pas tout son prestige de se trouver ruiné par
l'invention d'un jeu d'échecs qui n'avait pas de fin et
qui rendit maboul un chapelain, provoquant aussi
deux suicides illustres, et le rabaissant lui, d'inter-
prète des songes en hypnotiseur pour fêtes de famille,
d'arracheur de dents par suggestion en guérisseur de
foire, de sorte qu'à l'époque où nous nous connûmes,
les flibustiers eux-mêmes le regardaient déjà de travers. Nous allions à la dérive avec notre éventaire
d'attrape-nigauds et nous vivions dans une angoisse
perpétuelle à essayer de bazarder les suppositoires
« de fille de l'air » qui rendaient transparents les
contrebandiers, les gouttes clandestines que les épouses baptisées versaient dans la soupe pour inspirer la
crainte de Dieu aux maris hollandais, et tout ce que
vous voudrez bien acheter, mesdames et messieurs,
parce qu'il ne s'agit pas d'un ordre mais d'un conseil
et qu'en fin de compte le bonheur non plus n'est pas
une obligation. Si ses trouvailles nous faisaient mourir de rire, nous avions du mal à trouver de quoi nous
remplir le ventre et il fondait ses derniers espoirs
dans ma vocation de devin. Il m'enfermait dans la

malle-tombeau déguisé en Japonais et attaché avec
des chaînes de tribord, pour que j'essaie de deviner
ce que je pouvais, tandis qu'il éventrait la grammaire
en quête du meilleur moyen de convaincre le monde
de sa nouvelle science, approchez mesdames et messieurs, consultez cet enfant torturé par les lampyres
d'Ezéchiel, et vous monsieur qui nous regardez avec
cet air de ne pas y croire, voyons un peu si vous osez
lui demander quand vous allez mourir, mais je ne
réussis pas même une fois à deviner le jour que nous
étions, tant et si bien qu'il brisa net mes rêves
d'haruspice, la torpeur de la digestion atrophie chez
toi la glande des présages, et résolut après m'avoir
meurtri le crâne d'un coup de bâton de me ramener
chez mon père pour qu'il lui restituât l'argent. Vers
cette époque pourtant, il en vint à découvrir des ap-
plications pratiques de l'électricité dc la souffrance,
et il se mit à fabriquer une machine à coudre qui devait fonctionner en étant reliée au moyen de ven-
touses à la partie du corps endolorie. Comme je pas-
sais la nuit à me plaindre des raclées qu'il me donnait
pour conjurer le mauvais sort, il n'eut d'autre remède
que de me garder auprès de lui pour cssaycr son
invention et ainsi mon retour fut-il retardé, et son humeur s'améliora-t-elle, jusqu'au jour où la machine
fonctionna si bien qu'elle se mit non seulement à
coudre encore mieux qu'une novice de couvent, mais
aussi à broder des oiseaux et des lagerstrœmies suivant l'emplacement et l'intensité de la douleur. Nous
en étions là, convaincus de notre victoire sur l'adver-
sité, quand nous apprîmes que le commandant du cuirassé, ayant voulu répéter l'expérience du contre-

poison, s'était transformé en confiture d'amiral devant tout son état-major.

Il n'eut pas l'occasion de rire pendant longtemps. Nous nous enfuîmes à travers des précipices d'Indiens et plus nous nous sentions perdus, plus nous arrivaient distinctes les rumeurs selon lesquelles des fusiliers marins avaient envahi le pays sous prétexte d'anéantir la fièvre jaune, et ils décapitaient sur leur passage tout camelot professionnel ou d'occasion, et non seulement les indigènes par précaution, mais aussi les Chinois par distraction, les nègres par habitude et les Hindous parce qu'ils charment les serpents, puis ils avaient dévasté la faune, la flore et tout ce qu'ils avaient pu du règne minéral, car leurs experts en nos questions leur avaient enseigné que les gens des Caraïbes avaient la propriété de se métamorphoser pour mieux emberlificoter les Amerlos.

Je ne comprenais pas d'où leur était venue pareille rage, ni pourquoi nous avions si peur, jusqu'au jour où nous nous retrouvâmes en sûreté dans les vents éternels de la Guajira et où il eut enfin le courage de m'avouer que son contrepoison n'était rien de plus que de la rhubarbe à la térébenthine, mais qu'il avait payé deux cuartillos à un compère pour qu'il lui apportât le crotale non venimeux. Nous restâmes dans les ruines d'une mission coloniale, leurrés par l'espoir que passeraient les contrebandiers, qui étaient hommes à qui se fier et les seuls capables de s'aventurer sous le soleil mercuriel de ces déserts de salpêtre. Au début nous mangions des salamandres fumées avec une salade de fleurs sauvages, et il nous restait encore assez de bonne humeur pour rire de nous-mêmes

quand nous essayâmes de déguster ses guêtres bouillies, mais nous finîmes par grignoter les toiles
d'araignée d'eau des puits et c'est alors que nous
nous rendîmes compte à quel point le monde nous
manquait. Comme je ne connaissais pas à l'époque de
remède contre la mort, je me couchai tout simplement à l'attendre là où je souffrirais le moins tandis
qu'il délirait en évoquant le souvenir d'une femme si
tendre qu'elle pouvait passer en soupirant à travers
les murs, mais ce souvenir imaginaire n'était lui aussi
qu'un subterfuge destiné à tromper la mort avec des
chagrins d'amour. Cependant, à l'heure où nous au-
rions dû mourir, il s'approcha de moi, plus vivant que
jamais, et resta toute la nuit à surveiller mon agonie,
méditant avec tant de vigueur que je n'ai pas encore
réussi à savoir si c'était le vent ou sa propre pensée
qui sifflait parmi les décombres, et l'aube n'était pas
née qu'il me dit, avec la même voix et la même détermination qu'autrefois, qu'il connaissait désormais
la vérité, à savoir que j'avais une fois encore ruiné sa
chance, de sorte que prépare tes abattis, tu l'as ruinée,
tu vas payer. Le peu de tendresse que je lui portais
s'évanouit alors. Il m'ôta mes dernières frusques,
m'enroula dans des barbelés, frotta mes plaies avec
des morceaux de salpêtre, me mit en saumure dans
ma propre urine, et me pendit par les chevilles à ma-
cérer au soleil, et il s'écriait encore que cette mortifi-
cation n'était pas suffisante pour apaiser ses persécu-
teurs. Pour finir, il me laissa pourrir au fond du cachot de pénitence où les missionnaires coloniaux
régénéraient les hérétiques, et avec son impérissable
perfidie de ventriloque se mit à imiter les cris des ani-

maux comestibles, la rumeur des betteraves mûres et le bruit des sources, pour me torturer avec l'illusion que j'étais en train de mourir, indigent au paradis. Lorsque les contrebandiers le ravitaillèrent, il descendit au cachot pour me donner quelque chose à avaler pour ne pas mourir, mais il me faisait payer sa charité en m'arrachant les ongles avec des tenailles et en me limant les dents avec des pierres à broyer, et ma seule consolation était le désir que la vie me prêtât temps et fortune pour me venger de tant d'infamie par d'autres supplices encore pires. Je m'étonnais moi-même de pouvoir résister à la puanteur de ma propre putréfaction, sans compter qu'il me jetait dessus les reliefs de ses repas et déposait dans les recoins des restes de caïmans et d'éperviers pourris pour que l'air du cachot finît de s'empoisonner. Je ne sais combien de temps s'était écoulé quand il m'apporta le cadavre d'un lapin pour me montrer qu'il préférait le laisser se décomposer plutôt que de me le donner à manger, alors ma patience m'abandonna ne me laissant que la rancœur, de sorte que je saisis le lapin par les oreilles et l'envoyai bondir contre le mur avec l'illusion que c'était lui et non l'animal qui allait s'y écraser, mais, ô surprise, comme dans un rêve, le lapin non seulement ressuscita avec un glapissement d'épouvante, mais regagna mes mains en marchant dans l'espace.

Ainsi commença ma carrière prodigieuse. Depuis je vais par le monde, coupant la fièvre aux paludéens pour deux pesos, rendant la vue aux aveugles pour quatre pesos cinquante, déshydratant les hydropiques pour dix-huit pesos, complétant les mutilés pour vingt pesos s'ils le sont de naissance, pour vingt-deux pesos si c'est par accident ou prise de bec, pour vingt-cinq s'il s'agit de causes de guerre, tremblements de terre, débarquements de fusiliers marins ou autres calamités publiques, soignant les malades ordinaires en bloc et à un prix de gros, les fous selon leur lubie, les enfants pour moitié prix et les idiots par gratitude, et voyons un peu, qui ose prétendre que je ne suis pas philanthrope, belles dames et gentilhommes, et maintenant monsieur le commandant de la XXe flotte, ordonnez à vos chérubins d'enlever leurs barricades pour laisser passer l'humanité souffrante, les lépreux à gauche, les épileptiques à droite, les paralytiques là où ils ne gêneront personne, et, tout à fait en queue, les moins urgents, je vous en prie, pas de bousculade, ou je ne réponds de rien si on confond vos infirmités et si on vous guérit de maladies que vous n'avez pas, et en avant la musique, que le cuivre des instruments se mette à bouillir, et que les fusées montent jusqu'à ce que les anges aient les ailes en feu, et que l'eau-de-vie coule jusqu'à tuer l'idée, et maintenant avancez-vous, maritornes et équilibristes, bouchers et photographes, tout cela vous est offert par votre serviteur, belles dames et gentilshommes, car voici venir la fin de la mauvaise réputation des Blacaman et la grande débandade universelle. C'est ainsi que je les endors avec des techniques de député pour le cas où le jugement vient à me faire défaut et où certains se retrouvent pire qu'avant. La seule chose que je ne fais pas, c'est de ressusciter les morts, car à peine rouvrent-ils les yeux que, de rage, ils envoient rouler contre le mur leur perturbateur et puis, au bout du compte, ceux qui ne se suicident pas meurent à nouveau de désillusion. Au début, je fus poursuivi par une kyrielle de savants chargés d'enquêter sur la légalité de mon commerce, et quand ils se furent fait une opinion ils me menacèrent de l'enfer de Simon le Magicien et me recommandèrent une vie de pénitence pour accéder à la sainteté, à quoi je leur répondis, sans mésestimer leur autorité, que c'était précisément par là que j'avais commencé.

La vérité, c'est que je ne gagne rien à être saint après ma mort, je suis un artiste, et la seule chose qui m'intéresse c'est d'être vivant, pour continuer à profiter comme un con de cette guimbarde décapotable à six cylindres que j'ai achetée au consul des fusiliers marins, avec ce chauffeur de La Trinité ex-baryton à l'opéra des pirates de La Nouvelle-Orléans, avec mes chemises garanties pure soie, mes lotions orientales, mes dents de topaze, mon chapeau tartare et mes bottines à deux couleurs, dormant sans réveille-matin, dansant avec les reines de beauté et les laissant comme hallucinées par ma rhétorique de dictionnaire, sans avoir la colique si, un mercredi des Cendres, mes facultés viennent à se flétrir, pour mener cette vie de ministre ma tête d'imbécile suffit, et aussi cette ribambelle de boutiques que je possède, depuis ce patelin jusqu'au-delà du crépuscule, et où les mêmes touristes qui nous sous-louaient à l'amiral se bousculent maintenant pour acheter ma photo avec ma signature, les almanachs avec mes poèmes d'amour, mes médailles avec mon profil, les frusques débitées en petits lambeaux et tout cela sans cette

gloire canulante d'être jour et nuit sculpté dans le
marbre équestre et couvert de fientes d'hirondelles
comme les héros de la patrie.

Dommage que Blacaman le Mauvais ne puisse répéter cette histoire pour que vous constatiez qu'elle
n'est pas inventée. La dernière fois que quelqu'un le
vit en ce monde, il avait perdu tout le clinquant de
son ancienne splendeur et il avait l'âme démantelée
et les os en désordre à cause des rigueurs du désert,
mais il lui restait encore une bonne paire de grelots
pour refaire son apparition ce dimanche-là dans le
port de Santa-Maria-del-Darien avec son éternelle
malle, à cette différence près qu'il n'essayait plus de
vendre aucun contrepoison, non, il demandait d'une
voix crevassée par l'émotion que les fusiliers marins
le fusillent sous les yeux de tous afin d'expérimenter
sur sa propre chair le pouvoir de résurrection de cette
créature surnaturelle, mesdames et messieurs, et bien
que vous ayez encore le droit de ne pas me croire
après avoir si longtemps supporté mes mauvais tours
de cabotin et d'imposteur, je vous jure sur le sque-
lette de ma mère que cette démonstration d'aujour-
d'hui n'a rien à voir avec l'Au-delà mais n'est que
l'humble vérité, et s'il vous reste encore un doute,
constatez par vous-mêmes que je ne ris plus maintenant comme autrefois mais qu'au contraire je re-
tiens mes sanglots. Comme pour mieux convaincre, il
déboutonna sa chemise, les yeux noyés de larmes, et
se frappa le cœur avec un bruit de ruades pour indi-
quer la meilleure place pour la mort mais les fusiliers
marins n'osèrent pas tirer craignant que les foules
dominicales ne vissent dans ce geste une atteinte à

leur prestige. Quelqu'un qui n'avait peut-être pas oublié lcs blacamaneries d'antan alla chercher dieu sait
où et lui apporta dans un bidon vide quelques racines
de bouillon-blanc qui auraient suffi à faire flotter à la
surface tous les corbeaux de mer des Caraïbes, et les
lui attrapa avec une telle avidité qu'on crut en vérité
qu'il allait les manger, et en effet il les mangea, mesdames et messieurs, surtout pas de pitié, et n'allez pas
prier pour le repos de mon âme, car cette mort n'est
qu'une simple visite dans l'autre monde. Cette fois il
fut si honnête qu'il n'eut point recours à des râles
d'opéra, non, il descendit de la table comme un
crabe, chercha par terre à travers les premiers doutes
un endroit digne où se coucher et, de là, il me regarda
comme sa propre mère et exhala le dernier soupir
entre ses propres bras, retenant encore ses larmes
d'homme et se tordant à l'endroit et à l'envers sous le
tétanos de l'éternité. Ce fut sans doute la seule fois où
ma science échoua. Je l'allongeai dans cette malle
aux dimensions prémonitoires où son corps entra tout
entier, je fis chanter pour son repos une messe des ténèbres qui me coûta cinquante doublons pour quatre,
car il y avait un officiant vêtu d'or et trois évêques
assis, je commandai pour l'inhumer un mausolée
d'empereur sur une colline exposée au meilleur côté
de la mer, avec une chapelle pour lui tout seul et une
dalle de fer où il était écrit en majuscules gothiques
« Ici repose Blacaman le défunt, mal nommé le Mauvais, qui abusa les fusiliers marins et mourut victime
de la science », et quand par ces honneurs j'eus suffisamment rendu justice à ses vertus, je me mis à me
venger de ses infamies et le ressuscitai dans sa sé-

pulture blindée où je le laissai se vautrer dans l'horreur. L'affaire eut lieu bien avant que Santa-Maria-del-Darien ne fût dévorée par la marabunta, mais le mausolée demeure intact sur la colline, à l'ombre des dragons qui montent dormir dans les vents atlantiques, et chaque fois que je passe en ces lieux je lui apporte une pleine auto de roses et mon cœur se serre de pitié en songeant à ses vertus, mais aussitôt je colle l'oreille contre la dalle pour l'entendre pleurer entre les débris de la malle effondrée, et si par hasard il est mort à nouveau, je le ressuscite, car ce qui fait le sel de cette leçon c'est qu'il continuera à vivre dans sa tombe tout le temps que moi je serai vivant, c'est-à-dire éternellement.

*L'incroyable et triste histoire
de la candide Erendira et
de sa grand-mère diabolique*

Erendira était en train de baigner sa grand-mère quand se leva le vent de son malheur. L'énorme demeure de ciment lunaire, égarée dans la solitude du désert, trembla jusqu'aux fondations dès le premier assaut. Mais Erendira et l'aïeule étaient accoutumées aux dangers de cette nature insensée et c'est à peine si elles remarquèrent la force du vent, dans la salle de bains décorée de multiples paons et de mosaïques puériles de thermes romains.

L'aïeule, grande et nue, ressemblait à une belle baleine blanche dans la vasque de marbre. La petite-fille venait d'avoir quatorze ans; elle était langoureuse, avait des membres fragiles, et était trop soumise pour son âge. Avec une mesure qui présentait une sorte de rigueur sacrée, elle versait sur l'aïeule une eau dans laquelle avaient bouilli des plantes dépuratives et des feuilles parfumées, et celles-ci restaient collées aux épaules délicieuses, aux cheveux métalliques et défaits, au dos puissant tatoué sans pitié comme ceux agressivement moqueurs des matelots.

— Hier soir, j'ai rêvé que j'attendais une lettre, dit l'aïeule.

Erendira, qui ne parlait jamais que pour des raisons
inéluctables, demanda :

— Et quel jour était-on, dans votre rêve ?

— Jeudi.

— Alors la lettre apportait de mauvaises nouvelles,
dit Erendira. Mais nous ne la recevrons pas.

Le bain terminé, elle reconduisit l'aïeule dans sa
chambre. Elle était si grosse qu'elle ne pouvait marcher qu'en s'appuyant sur l'épaule de sa petite-fille,
ou sur un bâton grand comme une crosse d'évêque,
mais même dans ses déplacements les plus pénibles
on décelait l'autorité d'une ancienne grandeur. Dans
la chambre, aménagée avec un goût excessif et un
peu démentiel, comme toute la maison, deux heures
furent encore nécessaires à Erendira pour achever la
toilette de la vieille. Elle lui démêla les cheveux un à
un, la parfuma et la coiffa, lui enfila une robe à fleurs
équatoriales, la poudra avec du talc, lui maquilla les
lèvres avec du rouge, les joues avec du fond de teint,
les paupières avec du musc et les ongles avec de
l'émail nacré, et quand elle l'eut parée comme une
poupée plus grande qu'une femme véritable, elle la
conduisit dans un jardin artificiel aux fleurs aussi suf-
focantes que celles de la robe, la fit asseoir dans une
bergère qui avait l'ampleur et la noblesse d'un trône,
et la laissa en train d'écouter les disques brefs du gramophone.

Tandis que l'aïeule naviguait à travers les maré-
cages du passé, Erendira se mit à balayer la maison,
qui était sombre et bigarrée, avec des meubles fré-
nétiques et des statues de césars imaginaires, des
lustres pleureurs et des anges d'albâtre, un piano

verni et doré, et de nombreuses pendules aux formes ct aux hcurcs imprévisiblcs. Il y avait dans lc patio une citerne destinée à emmagasiner pour des années l'eau transportée à dos d'Indiens depuis des sources lointaines, et, attachée à un anneau de la citerne on voyait une autruche rachitique, le seul animal à plumes capable de survivre aux tourments de ce climat de malheur. La maison était située loin de tout, au cœur du désert, près d'un dépotoir de rues misérables et brûlantes, où les hommes se suicidaient de désespoir quand soufflait le vent maudit.

Ce refuge incompréhensible avait été construit par le mari de la grand-mère, un contrebandier légendaire nommé Amadis, dont elle avait eu un fils affublé du même prénom et père d'Erendira. Personne ne connaissait les origines ni les motivations de cette famille. La version la plus courante dans la langue des Indiens était qu'Amadis père avait arraché sa belle épouse à un lupanar des Antilles, après avoir poignardé un homme, et qu'il l'avait emmenée vivre à jamais dans l'impunité du désert. Quand les Amadis moururent, l'un de fièvres mélancoliques et l'autre criblé de balles au cours d'une querelle de rivaux, la femme enterra les cadavres dans le patio, congédia les quatorze servantes aux pieds nus et continua de nourrir ses rêves de grandeur dans la pénombre de la maison discrète, grâce au sacrifice de sa petite-fille, cette bâtarde qu'elle avait élevée depuis sa naissance.

Rien que pour remonter et accorder les horloges six heures étaient nécessaires à Erendira. Le jour où son malheur commença, elle n'eut pas à le faire car les pendules étaient déjà remontées jusqu'au lendemain matin, mais par contre elle dut baigner et vêtir l'aïeule, briquer les planchers, préparer le déjeuner et lustrer les cristaux. Vers onze heures, quand elle changea l'eau du seau de l'autruche et arrosa les touffes désertiques des tombes contiguës des Amadis, elle dut contrarier la hargne du vent qui était devenu insupportable, mais elle ne surprit pas le mauvais présage annonçant que c'était là le vent de son malheur. A midi, elle polissait les dernières coupes à champagne quand elle huma une odeur de bouillon frais et ce fut un vrai miracle si elle arriva en courant jusqu'à la cuisine sans laisser derrière elle un gâchis de cristal de Venise.

Elle n'eut que le temps d'enlever la marmite qui commençait à se répandre sur le fourneau. Puis elle mit à cuire un plat qu'elle avait préparé à l'avance, et profita de l'occasion pour se reposer un peu sur un banc de la cuisine. Elle ferma les yeux puis les rouvrit sans la moindre expression de fatigue, et se mit à verser la soupe dans la soupière. Elle travaillait endormie.

L'aïeule s'était assise seule à l'extrémité d'une table de banquet garnie de candélabres d'argent et de couverts pour douze personnes. Elle agita le timbre et Erendira accourut presque aussitôt avec la soupière fumante. Au moment où elle lui servait sa soupe, l'aïeule surprit ses gestes de somnambule et lui passa la main devant les yeux comme si elle nettoyait un cristal invisible. La fillette ne vit pas la main. L'aïeule la suivit du regard et au moment où Erendira lui tournait le dos pour regagner la cuisine, elle lui cria :

— Erendira !

Brusquement réveillée, l'enfant laissa choir la soupière sur le tapis.

— Ce n'est rien, mon petit, dit l'aïeule avec une tendresse certaine. Tu t'es endormie en marchant.

— C'est une habitude du corps, dit Erendira pour s'excuser.

Encore étourdie par le sommeil, elle ramassa la soupière et essaya de nettoyer la tache sur le tapis. La grand-mère la dissuada :

— Laisse. Cet après-midi, tu le laveras.

C'est ainsi qu'en plus des travaux habituels de l'après-midi Erendira dut laver le tapis de la salle à manger, et comme elle était dans la buanderie elle en profita pour laver aussi le linge du lundi, tandis que le vent rôdait autour de la maison à la recherche d'un trou où s'insinuer. Elle eut tant à faire que la nuit arriva sans qu'elle s'en rendît compte, et quand elle replaça le tapis dans la salle à manger, il était l'heure d'aller se coucher.

Tout l'après-midi l'aïeule avait pianoté, chantonnant pour elle-même d'une voix de fausset les chansons de son époque, et sur ses paupières on voyait encore les auréoles du musc et des larmes. Mais lorsqu'elle se mit au lit après avoir enfilé sa chemise de mousseline, toute l'amertume des bons souvenirs avait disparu.

— Demain, profites-en aussi pour laver le tapis du salon, dit-elle à Erendira. Car il n'a pas vu le soleil depuis les temps du bruit.

— Oui, grand-mère, répondit la fillette.

Elle prit un éventail de plumes et se mit à éventer

la matrone implacable qui lui récitait le code de l'ordre nocturne tandis qu'elle s'enfonçait dans le sommeil.

— Repasse tout le linge avant de te coucher et tu dormiras la conscience tranquille.

— Oui, grand-mère.

— Inspecte les armoires car les mites sont plus affamées les nuits où il fait du vent.

— Oui, grand-mère.

— Avec le temps que tu auras en trop, sors les fleurs dans le patio pour qu'elles respirent.

— Oui, grand-mère.

— Et donne à manger à l'autruche.

Elle s'était assoupie mais elle continuait à régenter, car sa petite-fille avait hérité d'elle la vertu de continuer à vivre en dormant. Erendira sortit sans bruit de la chambre et accomplit les dernières tâches nocturnes, en répondant inlassablement aux commandements de l'aïeule endormie.

— Donne à boire aux tombes.

— Oui, grand-mère.

— Avant de te coucher, veille à ce que tout soit bien en ordre, car les choses souffrent le martyre quand elles ne sont pas à leur place pour dormir.

— Oui, grand-mère.

— Et si les Amadis se présentent, avise-les de ne pas entrer. La clique à Porfirio Galan les attend pour les tuer.

Erendira cessa de lui répondre car elle savait qu'elle commençait à chavirer dans le délire, mais elle exécuta tous les ordres. Quand elle eut fini de contrôler les fermetures des fenêtres et d'éteindre les dernières lumières, elle prit un candélabre dans la salle à manger et s'éclaira jusqu'à sa chambre, tandis que la respiration paisible et énorme de l'aïeule endormie remplissait les pauses du vent.

Sa chambre – luxueuse elle aussi, un peu moins pourtant que celle de l'aïeule – était bourrée de poupées de tissu et d'animaux mécaniques venus de son enfance toute récente. Vaincue par les travaux barbares de la journée, Erendira n'eut pas le courage de se déshabiller : elle posa le candélabre sur la table de nuit et s'effondra sur le lit. Peu après, le vent de son malheur se précipita dans la chambre comme une meute et renversa le candélabre sur les rideaux.

A l'aube, quand le vent cessa enfin, quelques gouttes de pluie grosses et isolées se mirent à tomber qui éteignirent les derniers brandons et durcirent les cendres fumantes de la demeure. Les gens du village, Indiens pour la plupart, essayaient de récupérer les restes du désastre : le cadavre carbonisé de l'autruche, les montants du piano doré, le torse d'une statue. L'aïeule regardait avec une désolation impénétrable les débris de sa fortune. Erendira, assise entre les deux tombes des Amadis, ne pleurait plus. Quand l'aïeule se fut convaincue qu'il restait vraiment peu de choses intactes dans les décombres, elle contempla sa petite-fille avec une pitié sincère :

— Ma pauvre chérie, soupira-t-elle. Ta vie ne sera pas assez longue pour me payer ce préjudice.

Elle s'y occupa le jour même, sous le fracas de la pluie, quand elle la conduisit auprès du boutiquier du village, un veuf maigre et prématuré, réputé dans le désert pour payer à bon prix la virginité. Sous l'œil impavide de l'aïeule, le veuf examina Erendira avec une austérité scientifique : il estima la force de ses cuisses, la grosseur de ses seins, le diamètre de ses hanches. Il ne prononça pas une parole avant d'avoir terminé son expertise.

— Elle est encore bien jeune, dit-il alors. Elle a des tétons de petite chienne.

Il la fit monter sur une bascule pour chiffrer son estimation. Erendira pesait quarante-deux kilos.

— Elle ne vaut pas plus de cent pesos, dit le veuf.

L'aïeule s'indigna.

— Cent pesos pour une créature complètement vierge ! Non, mon cher, vous injuriez vraiment la vertu.

— J'irai jusqu'à cent cinquante, proposa le veuf.

— La petite m'a causé un dommage de plus d'un million de pesos. A ces prix-là, il lui faudrait deux siècles pour me payer.

— Par bonheur, dit le veuf, la seule chose dont elle dispose est son jeune âge.

La tempête menaçait de jeter bas la maison, et il y avait tant de lézardes au plafond qu'il pleuvait presque autant à l'intérieur qu'à l'extérieur. L'aïeule se sentit seule dans un monde de désastre.

— Topons là pour trois cents pesos, dit-elle.

— Deux cent cinquante.

Finalement ils se mirent d'accord sur la somme de deux cent vingt pesos en argent liquide, auxquels on ajouterait quelques produits de l'épicerie. L'aïeule dit alors à Erendira de suivre le veuf, et celui-ci la conduisit par la main vers l'arrière-boutique, comme s'il l'eût emmenée à l'école.

— Je t'attends ici, dit l'aïeule.

— Oui, grand-mère, dit Erendira.

L'arrière-boutique était une sorte de hangar constitué par quatre piliers de brique, un toit de palmes pourries et un muret d'argile d'un mètre de haut par lequel la tempête s'engouffrait. Alignés sur le rebord du muret, il y avait des pots de cactus et autres plantes grasses. Suspendu à deux piliers, s'agitant comme la voile folle d'un cotre à la dérive, on voyait un hamac déteint. Au-dessus du sifflement de la tornade et des tourbillons de la pluie, on entendait des cris lointains, des hurlements d'animaux éloignés, des voix de naufragés.

Quand Erendira et le veuf entrèrent dans le hangar ils durent s'agripper l'un à l'autre pour ne pas être renversés par une trombe d'eau qui les laissa complètement trempés. Ils ne s'entendaient plus et le fracas de la tempête modifiait leurs gestes habituels. A la première tentative du veuf, Erendira cria quelque chose d'inaudible et essaya de se sauver. Le veuf lui répondit sans voix, lui tordit le bras par le poignet et la traîna vers le hamac. Elle lui résista en le griffant au visage et se remit à crier en silence ; il lui répondit par une gifle solennelle qui la souleva du sol et la fit flotter un instant dans l'air avec les longs cheveux d'une méduse ondulant dans le vide, il la happa par la ceinture avant qu'elle eût retouché terre, la renversa d'un coup brutal dans le hamac et l'immobilisa entre ses genoux. Erendira succomba alors à la terreur, elle perdit la tête et demeura comme fascinée par les franges lunaires d'un poisson qui passa en naviguant dans l'air de la tempête, tandis que le veuf la déshabillait en déchirant son linge à coups de griffe espacés, comme s'il arrachait de l'herbe, la dilacérant à grands lambeaux de couleurs qui ondulaient comme des serpentins et que le vent emportait.

Quand il n'y eut plus au village un seul homme capable de payer pour aimer Erendira, l'aïeule décida
de l'emmener sur les chemins de la contrebande. Elles
firent le voyage sur la plate-forme découverte d'un
camion, parmi des balles de riz et du beurre en conser-
ve, en emportant les vestiges de l'incendie : le chevet
du lit de vice-roi, un ange guerrier, le trône roussi et
autres saloperies inutilisables. Dans une malle avec
deux croix grossièrement barbouillées au pinceau,
elles transportaient les ossements des Amadis.

L'aïeule se protégeait du soleil perpétuel avec un
parapluie décousu ; elle respirait mal, torturée par la
sueur et la poussière, mais même dans son infortune
elle conservait la plus parfaite dignité. Derrière la
pile de bidons et de sacs de riz, Erendira paya le
voyage et le déménagement en faisant l'amour pour
vingt pesos la passe avec le convoyeur du camion. Au
début, son système de défense fut celui qu'elle avait
opposé à l'agression du veuf. Mais la tactique de
l'homme fut différente, lente et savante, et il finit par
l'apprivoiser à grand renfort de tendresse. Si bien que
lorsqu'ils arrivèrent au premier village, au terme
d'une journée mortelle, Erendira et son compagnon
se reposaient de leurs doux ébats à l'abri du chargement. Le conducteur cria à l'aïeule :

— A partir d'ici, nous sommes en pays civilisé.

L'aïeule observa d'un air incrédule les rues sor-
dides et solitaires d'un village un peu plus grand,
mais aussi triste que celui qu'elle avait abandonné.

— Ça ne se voit pas, dit-elle.

— C'est un territoire de missions, dit le conducteur.

— Ce qui m'intéresse ce n'est pas la charité mais la contrebande, dit l'aïeule.

En attendant la fin de la conversation, Erendira, derrière le chargement, grattait avec le doigt un des sacs de riz. Soudain elle sentit un fil, tira dessus et vit apparaître un long collier de perles véritables. Elle le contempla effrayée, le tenant entre ses doigts comme un serpent mort, tandis que le chauffeur répliquait à l'aïeule :

— Madame, ne rêvez pas tout éveillée. Les contre-bandiers, ça n'existe pas.

— Quoi ? dit l'aïeule. Vous n'allez pas me raconter cela à moi !

— Cherchez-en et vous verrez, se moqua le chauffeur, de bonne humeur. Tout le monde en parle mais personne ne les voit.

Le convoyeur, se rendant compte qu'Erendira avait découvert le collier, s'empressa de le lui reprendre et de l'enfoncer à nouveau dans le sac de riz. L'aïeule, qui avait décidé de rester au village malgré sa pauvreté, appela alors sa petite-fille pour qu'elle l'aide à descendre du camion. Erendira prit congé du convoyeur par un baiser hâtif, mais spontané et vrai.

Assise sur son trône, au milieu de la rue, l'aïeule attendit qu'on eût fini de décharger tout son barda. Les restes des Amadis furent la dernière chose qu'on descendit.

— Un mort ne pèserait pas plus lourd, dit en riant le conducteur.

— Il y en a deux, dit l'aïeule. Alors, traitez-les avec le respect qui leur est dû.

— Je parie que ce sont des statues de marbre ! le chauffeur riait toujours.

Il déposa la malle et les os n'importe comment parmi les meubles roussis et tendit sa main ouverte sous le nez de l'aïeule.

— Ça fait cinquante pesos, dit-il.

Elle lui désigna le convoyeur :

— Votre esclave s'est déjà payé en nature.

Le chauffeur regarda, surpris, son compagnon, et celui-ci lui fit un signe affirmatif. Il regagna la cabine du camion, où voyageait une femme en deuil avec un enfant dans les bras, qui pleurait de chaleur. Le convoyeur, très sûr de lui, dit alors à l'aïeule :

— Erendira part avec moi, si vous n'y voyez pas d'inconvénient. C'est pour le bon motif.

La fillette intervint, apeurée :

— Moi, je n'ai rien dit !

— C'est moi qui en ai eu l'idée et je le dis, précisa le convoyeur.

L'aïeule l'examina de la tête aux pieds, non pour le rabaisser et l'humilier, mais pour essayer de calculer la dimension exacte d'une telle hardiesse.

— Je n'y vois pas d'inconvénient si tu me paies ce que sa négligence m'a fait perdre. Autrement dit huit cent soixante-douze mille trois cent quinze pesos, moins quatre cent vingt pesos qu'elle m'a déjà remboursés, ce qui fait huit cent soixante et onze mille huit cent quatre-vingt-quinze pesos.

Le camion démarra.

— Soyez sûre que je vous donnerais cette montagne de billets si je l'avais, dit gravement le convoyeur. La petite les vaut.

La résolution de l'homme plut à l'aïeule.

— Eh bien, reviens quand tu les auras, mon garçon! lui répliqua-t-elle avec sympathie. Et maintenant, file, car si nous examinons nos comptes, tu me dois encore dix pesos.

Le convoyeur sauta sur la plate-forme du camion qui s'éloignait. Il envoya un dernier adieu de la main à Erendira, mais elle était encore si effrayée qu'elle ne lui répondit pas.

Sur le terrain vague où les avait laissées le camion, Erendira et sa grand-mère improvisèrent un abri avec des tôles et des lambeaux de tapis orientaux. Elles allongèrent deux nattes sur le sol et dormirent aussi bien que dans l'ancienne résidence, jusqu'au moment où le soleil ouvrit des trous et vint embraser leurs visages.

Contrairement à l'habitude, ce fut l'aïeule qui, ce matin-là, s'occupa d'Erendira. Elle la maquilla pour lui donner l'aspect de ces beautés sépulcrales à la mode dans sa jeunesse et la para de faux cils et d'un nœud d'organdi qu'elle lui posa comme un papillon sur le dessus de la tête.

— Tu es affreuse, admit-elle, mais tant mieux : les hommes ne sont que des abrutis en matière de femmes.

Toutes deux entendirent, bien avant de les voir apparaître, les pas de deux mules sur l'amadou du désert. Obéissant à sa grand-mère, Erendira s'étendit sur la natte comme l'aurait fait une artiste débutante au moment où le rideau se lève. Appuyée sur son bâton d'évêque, la grand-mère abandonna l'abri pour aller s'asseoir sur son trône, attendant le passage des mules.

L'homme du transport postal s'approchait. Il n'avait pas plus de vingt ans, bien qu'il fût vieilli par le métier. Il portait un costume kaki, des guêtres, un casque de liège, et un pistolet de soldat accroché à sa cartouchière. Il montait une mule fringante et en tenait une autre par le licou, plus paisible, sur le dos de laquelle étaient entassés des sacs de courrier.

En passant devant l'aïeule il la salua de la main et poursuivit sa route. Mais elle lui fit signe de venir jeter un coup d'œil à l'intérieur de l'abri. L'homme s'arrêta et vit Erendira allongée sur la natte avec son maquillage de défunte et sa robe à lisérés violets.

— Elle te plaît ? lui demanda-t-elle.

Le messager ne comprit pas d'abord ce qu'on lui proposait.

— A première vue, elle n'est pas mal, dit-il en souriant.

— Cinquante pesos, dit l'aïeule.

— Merde alors, elle doit l'avoir en or ! C'est ce que je dépense pour manger pendant un mois.

— Ne sois pas grigou. Un postier par avion, ça gagne plus qu'un curé.

— Je suis postier intérieur, dit l'homme. Le postier par avion c'est celui qui se déplace avec une camionnette.

— De toute façon, l'amour est aussi important que l'alimentation.

— Mais ça ne nourrit pas !

L'aïeule comprit qu'un homme qui vivait des espoirs d'autrui n'avait que trop de temps pour marchander.

— Combien as-tu ? lui demanda-t-elle.

Le courrier descendit de cheval, sortit de sa poche quelques billets froissés et les montra à l'aïeule. Elle les rafla d'une main rapace comme on cueille une balle.

— Je te fais un prix, dit-elle. Mais à une condition : c'est que tu en parleras partout où tu iras.

— Jusqu'à l'autre bout du monde, dit le messager D'ailleurs, c'est mon rôle.

Erendira, qui n'avait pas eu le loisir de sourciller, enleva alors ses faux cils et se glissa d'un côté de la natte pour laisser un peu de place au fiancé occasionnel. Dès qu'il fut sous la tente, l'aïeule ferma l'entrée de l'abri en tirant d'un geste énergique le rideau coulissant.

Ce fut un marché efficace. Fascinés par les déclarations du messager, les hommes vinrent de très loin connaître cette nouveauté : Erendira. Derrière eux arrivèrent des loteries et des buvettes champêtres, et derrière tout le monde arriva un photographe à bicyclette qui installa devant le campement un appareil à pied avec un drap funèbre, et une toile de fond avec un lac aux cygnes invalides.

L'aïeule, qui s'éventait sur son trône, paraissait étrangère à cette fête créée par elle. Elle ne s'intéressait qu'à la bonne discipline des clients qui, alignés, attendaient leur tour, et à l'exactitude de la somme qu'on devait verser d'avance pour pénétrer auprès d'Erendira. Au début elle s'était montrée si sévère qu'elle avait même repoussé un bon client à qui il manquait ce jour-là cinq pesos. Mais, les mois passant, elle fit siennes les leçons de la réalité et finit par admettre comme complément au droit de visite des médailles de saints, des reliques de famille, des anneaux de mariage, et tout ce qui, mordu, se révélait être en or de bonne qualité même si l'éclat n'y était plus.

Au bout d'un long séjour dans ce premier village, l'aïeule eut suffisamment d'argent pour acheter un âne. Elle s'enfonça alors dans le désert à la recherche d'autres lieux plus propices pour récupérer l'argent de la dette. Elle voyageait sur un brancard qu'on avait improvisé sur le dos de l'âne, et se protégeait du soleil immobile grâce au parapluie démantibulé qu'Erendira brandissait au-dessus de sa tête. Derrière elle trottinaient quatre porteurs indiens avec les nattes pour dormir, le trône restauré, l'ange d'albâtre et la malle-cercueil des Amadis. Le photographe poursuivait la caravane sur sa bicyclette, mais sans la rattraper, comme s'il se rendait à quelque autre fête. Six mois s'étaient écoulés depuis l'incendie quand l'aïeule put avoir une vision complète de la situation.

— Si les choses continuent de cette manière, dit-elle à Erendira, tu m'auras payé ta dette dans huit ans, sept mois et onze jours.

Elle refit ses calculs, les yeux fermés, en recomptant les grains qu'elle retirait d'un sac à ourlet cousu dans sa robe et où elle gardait aussi son argent. Puis elle précisa :

— Bien entendu, sans compter les gages et la nourriture des Indiens. Et quelques menus frais.

Erendira, qui marchait au rythme de l'âne, accablée par la chaleur et la poussière, ne fit aucun reproche aux comptes de l'aïeule, mais elle dut se contenir pour ne pas pleurer.

— J'ai du verre moulu dans les os, dit-elle.
— Essaie de dormir.
— Oui, grand-mère.
Elle ferma les yeux, respira à fond une bouffée
d'air brûlant, et continua de marcher endormie.

Une camionnette chargée de cages apparut, effrayant des boucs dans la poussière épaisse de l'horizon, et le vacarme des oiseaux fut un jet d'eau fraîche dans la somnolence dominicale de San Miguel-del-Desierto. Au volant se tenait un corpulent fermier hollandais à la peau crevassée par l'intempérie, avec une moustache couleur d'écureuil qu'il avait héritée d'un arrière-grand-père. Son fils Ulysse, qui voyageait sur l'autre siège, était un adolescent doré aux yeux marins et solitaires, avec toutes les apparences d'un ange clandestin. L'attention du Hollandais fut attirée par une tente devant laquelle tous les soldats de la garnison du coin attendaient leur tour. Ils étaient assis par terre et buvaient à la même bouteille, qu'ils se passaient de bouche en bouche ; des branches d'amandiers couvraient leurs têtes comme s'ils s'étaient camouflés pour une bataille. Le Hollandais demanda dans sa langue :

— Diable ! Qu'est-ce qu'on peut bien vendre dans ce patelin ?

— Une femme, lui répondit son fils, tout naturellement. Elle s'appelle Erendira.

— Comment le sais-tu ?

— Tout le monde le sait dans le désert, précisa
Ulysse.

Le Hollandais descendit au petit hôtel du village.
Ulysse s'attarda dans la camionnette, ouvrit avec des
doigts agiles un grand portefeuille que son père avait
laissé sur le siège, sortit un paquet de billets, en glissa
plusieurs dans ses poches et remit tout bien en ordre.
Cette nuit-là, tandis que son père dormait, il sauta par
la fenêtre de l'hôtel et alla faire la queue devant la
tente d'Erendira.

La fête battait son plein. Les troufions pompettes
dansaient seuls pour ne pas laisser perdre cette musique gratuite, et le photographe prenait des portraits
nocturnes au magnésium. Tout en contrôlant les opé-
rations l'aïeule comptait les billets sur ses genoux,
elle les répartissait en liasses égales et les rangeait
dans un panier. Il ne restait plus qu'une douzaine de
soldats, mais la queue de l'après-midi s'était grossie
de plusieurs civils. Ulysse était le dernier.

C'était maintenant le tour d'un soldat à la dégaine
lugubre. L'aïeule non seulement lui barra la route
mais évita de toucher ses billets.

— Non, mon petit, lui dit-elle, tu n'entreras pas
pour tout l'or du monde. Tu es un traîne-corbeau.

Le soldat, qui n'était pas de la région, s'étonna :

— Qu'est-ce que vous voulez dire ?

— Que tu répands une ombre maléfique. Il suffit
de te regarder.

Elle l'écarta d'un geste de la main et laissa passer
le soldat suivant.

— Entre, juteux, lui dit-elle avec bonne humeur. Et
ne traînasse pas, la patrie a besoin de toi.

Le soldat entra mais il ressortit sur-le-champ, car Erendira désirait parler avec sa grand-mère. Celle-ci enfila à son bras le panier aux billets et pénétra dans la tente dont l'espace était étroit mais propre et bien rangé. Au fond, sur une natte couverte, Erendira n'arrivait pas à réprimer ses frissons ; elle était meurtrie, salie par la sueur des soldats.

— Grand-mère, sanglota-t-elle, je vais mourir.

L'aïeule passa une main sur son front, vit qu'elle n'avait pas de fièvre et essaya de la consoler.

— Il ne reste plus que dix militaires, dit-elle.

Erendira fondit en larmes en glapissant comme un animal effrayé. L'aïeule comprit alors qu'elle avait dépassé les limites de l'horreur et, lui caressant la tête, elle l'aida à se calmer.

— Il y a que tu es fatiguée, lui dit-elle. Allons, cesse de pleurer, et lave-toi avec de l'eau de sauge pour réactiver ton sang.

Elle sortit de la tente au moment où Erendira commençait à se rasséréner et rendit l'argent au soldat qui poireautait. « C'est fini pour aujourd'hui, lui dit-elle. Reviens demain et je te promets que tu passeras le premier. » Puis elle cria aux hommes de la queue :

— Fini, les gars ! A demain, neuf heures.

Soldats et civils rompirent les rangs avec des cris de protestation. L'aïeule les affronta de bonne humeur mais en brandissant sérieusement son bâton dévastateur.

— Malappris ! Coqs de fumier ! cria-t-elle. Qu'est-ce que vous croyez ? Que cette enfant est en acier ? Je voudrais bien vous voir à sa place. Vicieux ! Apatrides de merde !

Les hommes lui renvoyaient des insultes encore plus grossières, mais elle finit par dominer le tohu-bohu et se maintint sur la défensive avec son bâton jusqu'au moment où l'on emporta les tables à friture et où l'on démonta les loteries. Elle se disposait à rentrer dans la tente quand elle vit Ulysse, droit et seul sur cet emplacement vide et sombre qui avait abrité la file des hommes un peu plus tôt. Une aura ir-réelle l'enveloppait et l'éclat de sa beauté le rendait visible dans la pénombre.

— Et toi ? lui dit l'aïeule. Où as-tu laissé tes ailes ?

— Des ailes, c'est mon grand-père qui en avait, ré-pondit Ulysse avec son naturel. Mais personne n'y croit.

L'aïeule l'examina à nouveau, comme ensorcelée.

— Eh bien, moi j'y crois, dit-elle. Reviens demain avec tes ailes.

Elle disparut sous la tente et laissa Ulysse à son embrasement.

Erendira se sentit mieux après le bain. Elle avait enfilé une combinaison courte et brodée et se séchait les cheveux pour se coucher ; elle avait malgré tout encore du mal à réprimer ses larmes. L'aïeule dor-mait.

Derrière le lit d'Erendira, lentement, très lente-ment, Ulysse montra la tête. Elle vit les yeux an-goissés et diaphanes, mais avant de dire quoi que ce fût elle se frotta le visage avec une serviette pour se prouver que ce n'était pas là une illusion. Quand Ulysse remua les cils, Erendira lui demanda tout bas :

— Qui es-tu ?

Ulysse apparut jusqu'aux épaules.

— Je m'appelle Ulysse, dit-il. – Il lui présenta les billets volés et ajouta : — J'apporte l'argent.

Erendira appuya les paumes de ses mains sur le lit, approcha son visage de celui d'Ulysse et continua de lui parler, comme le font pour jouer les enfants de la communale.

— Tu aurais dû prendre la file.

— J'ai attendu toute la soirée.

— Alors, tu vas devoir attendre jusqu'à demain. J'ai les reins moulus comme si on m'avait rossée à coups de bâton.

Au même instant, l'aïeule se mit à parler dans son sommeil.

— Cela va faire vingt ans qu'il a plu pour la dernière fois, dit-elle. Une tempête si terrible que la pluie arrivait mêlée avec de l'eau de mer, et au petit jour la maison était jonchée de poissons et de coquillages. Amadis, ton grand-père, Dieu ait son âme, vit même une raie cornue lumineuse qui naviguait dans l'espace.

Ulysse retourna se cacher derrière le lit. Erendira eut un sourire amusé.

— Du calme, lui dit-elle. Elle délire comme une folle quand elle dort, mais un tremblement de terre ne la réveillerait pas.

Ulysse réapparut. Erendira le regarda avec un sourire polisson non dépourvu de câlinerie, et enleva de son lit le drap sale.

— Viens ! Aide-moi à le changer.

Ulysse sortit de derrière le lit et prit le drap par l'une des extrémités. Comme celui-ci était beaucoup plus grand que la natte il fallait s'y prendre à plusieurs reprises pour le plier. Chaque geste de l'opération rapprochait Ulysse d'Erendira.

— Je voulais te voir et j'en perdais la tête, lâcha-t-il brusquement. Tout le monde dit que tu es très belle et c'est la vérité.

— Mais je vais mourir, dit Erendira.

— Maman dit que ceux qui meurent dans le désert ne vont pas au ciel mais à la mer, dit Ulysse.

Erendira mit de côté le drap sale et tendit sur la paillasse un autre drap propre et repassé.

— Je ne connais pas la mer, dit-elle.

— C'est comme le désert, mais avec de l'eau, dit Ulysse.

— Alors, on ne peut pas marcher dessus.

— Mon papa a connu un homme qui le pouvait, dit Ulysse. Mais il y a longtemps, longtemps.

Pour ravie qu'elle fût, Erendira désirait dormir.

— Si tu viens demain très tôt, tu seras le premier à entrer, dit-elle.

— Je pars à l'aube avec mon père, dit Ulysse.

— Et vous ne repasserez pas par ici ?

— Dieu sait quand ! dit Ulysse. Nous sommes ici par hasard car nous nous sommes perdus sur le chemin de la frontière.

Erendira regarda, pensive, l'aïeule endormie.

— Bon, décida-t-elle. Donne-moi l'argent.

Ulysse le lui donna. Erendira s'étendit sur le lit, mais lui resta là, sur place, tout tremblant : à l'instant décisif, sa résolution fléchissait. Erendira lui prit la main pour l'activer et devina alors sa mésaventure. Cette peur-là, elle la connaissait.

— C'est la première fois ? lui demanda-t-elle.

Ulysse ne répondit pas mais il prit un sourire désolé. Erendira changea d'attitude.

— Respire lentement, lui dit-elle. C'est toujours comme ça au début, mais après ça vient tout seul.

Elle le coucha contre elle et, tout en le déshabillant, le rassura par un délicat manège maternel.

— Comment t'appelles-tu ?

— Ulysse.

— C'est un nom d'Amerloc, dit Erendira.

— Non, de navigateur.

Erendira lui dénuda la poitrine, le bécota à petits baisers orphelins, le huma :

— On dirait que tu es tout en or. Mais tu as une odeur de fleurs.

— D'oranges, plutôt, dit Ulysse.

Maintenant rasséréné, il eut un sourire de complicité.

— Nous trimbalons un régiment d'oiseaux pour brouiller les pistes, ajouta-t-il. Mais, en fait, ce sont des oranges que nous transportons en contrebande jusqu'à la frontière.

— Les oranges, ce n'est pas de la contrebande, dit Erendira.

— Les nôtres, si, dit Ulysse. Chacune vaut cinquante mille pesos.

Erendira se mit à rire pour la première fois depuis longtemps.

— Ce qui me plaît le plus en toi, dit-elle, c'est le sérieux avec lequel tu inventes tes boniments.

Elle était devenue spontanée et bavarde, comme si l'innocence d'Ulysse lui avait transformé non seulement l'humeur mais le caractère. L'aïeule, à quelques pas de la fatalité, continuait à parler endormie.

— A cette époque, nous étions dans les premiers jours de mars, on t'apporta à la maison. Tu ressemblais à un lézard enveloppé dans du coton. Amadis, ton père, qui était jeune et beau, se montra si content ce soir-là qu'il commanda une vingtaine de charrettes pleines de fleurs ; il arriva en criant et en lançant des fleurs au long des rues, à tel point que le village en resta tout doré comme la mer.

Elle divagua durant des heures, à grands cris, et avec une passion obstinée. Mais Ulysse ne l'entendit pas, car Erendira l'aima tellement, et avec tant de sincérité, qu'elle se remit à l'aimer à moitié prix tandis que l'aïeule délirait, et finit même par l'aimer gratis jusqu'au petit matin.

Un groupe de missionnaires brandissant des cruci-
fix s'étaient plantés dos contre dos au milieu du désert. Un vent aussi sauvage que celui du malheur se-
couait leurs frocs de chanvre et leurs barbes en bataille, leur permettant à peine de se tenir debout. Derrière eux s'élevait le bâtiment de la mission, un promontoire colonial avec un clocher minuscule au-dessus des murs rugueux et chaulés.

Le missionnaire le plus jeune, qui commandait le
groupe, montra du doigt une crevasse naturelle sur le
sol d'argile vernissée.

— Ne passez pas cette ligne ! cria-t-il.

Les quatre Indiens qui transportaient l'aïeule dans
un palanquin de planches s'arrêtèrent en entendant le
cri. Mal assise dans le palanquin, et le cerveau en-
gourdi par la poussière et la sueur du désert, l'aïeule
gardait toute sa dignité. Erendira allait à pied. Derrière le palanquin s'avançait une file de huit porteurs
indiens, et, tout au fond, le photographe sur sa bicyclette.

— Le désert n'appartient à personne, dit l'aïeule.

— Il appartient à Dieu, dit le missionnaire. Et vous

voilà en train de violer ses saintes lois avec votre trafic immonde.

L'aïeule, qui reconnut alors la manière de parler et l'accent espagnol du missionnaire, évita l'affrontement. Elle ne voulait pas se casser le nez contre son intransigeance. Elle redevint elle-même.

— Je n'entends pas tes mystères, mon fils.

Le missionnaire désigna Erendira.

— Cette créature est mineure.

— Mais c'est ma petite-fille.

— Tant pis, répliqua le missionnaire. Mettez-la de bon gré sous notre protection ou il nous faudra recourir à d'autres méthodes.

L'aïeule ne s'attendait pas à une telle exigence. Elle céda, effrayée.

— Parfait, grand salopiaud. Mais tôt ou tard, je reviendrai. Tu verras.

Trois jours après la rencontre avec les missionnaires, l'aïeule et Erendira dormaient dans un village proche du couvent quand des corps prudents et muets, qui rampaient comme des éclaireurs à l'assaut, se glissèrent sous la tente. C'étaient six novices indiennes, robustes et jeunes sous leurs habits de toile écrue que les ruissellements de la lune semblaient rendre phosphorescents. Sans bruit, elles couvrirent Erendira d'un voile de moustiquaire, la soulevèrent sans la réveiller et l'emportèrent enveloppée comme un grand poisson fragile capturé dans un filet lunaire.

L'aïeule utilisa tous les moyens pour arracher sa petite-fille à la tutelle des missionnaires. Quand tous, des plus francs aux plus tortueux, se furent révélés vains, elle s'adressa à l'autorité civile, qui était exercée par un militaire. Elle trouva celui-ci dans sa cour ; torse nu, il tirait avec un fusil de guerre sur un nuage noir et solitaire dans le ciel en feu. Il essayait de le trouer, afin qu'il plût. Il s'acharnait inutilement. Il s'arrêtait pourtant de temps en temps, pour écouter l'aïeule.

— Je ne peux rien faire, lui expliqua-t-il, après l'avoir entendue. Les petits pères, conformément au Concordat, ont le droit de garder la petite jusqu'à sa majorité. Ou son mariage.

— Dans ces conditions, un maire comme vous, ça sert à quoi ? demanda l'aïeule.

— A faire pleuvoir, dit le maire.

Puis, voyant que le nuage s'était mis hors de sa portée, il interrompit ses devoirs officiels pour se consacrer à l'aïeule.

— Ce qu'il vous faut c'est une personne de poids qui réponde de vous, lui dit-il. Quelqu'un qui se porte garant de votre moralité et de vos bonnes mœurs par une lettre signée. Connaissez-vous Onésime Sanchez, le sénateur ?

Assise en pleine chaleur sur un tabouret trop étroit pour ses fesses sidérales, l'aïeule répondit avec une rage solennelle :

— Je suis une pauvre femme seule dans l'immensité de ce désert.

Le maire, l'œil droit tordu par la chaleur, la regarda avec pitié :

— Inutile alors de perdre votre temps, madame. Mieux vaut aller se faire foutre !

Elle n'y alla pas, bien entendu. Elle planta sa tente devant le couvent, et s'assit pour penser, comme un guerrier solitaire qui maintiendrait en état de siège une ville fortifiée. Le photographe ambulant, qui la connaissait bien, chargea son saint-frusquin sur le porte-bagages de sa bicyclette et se prépara au départ, mais seulement quand il la vit en plein soleil, les yeux rivés sur le couvent.

— Nous allons voir qui se fatiguera le premier, dit l'aïeule. Eux ou moi.

— Ils sont ici depuis trois siècles et tiennent encore, dit le photographe. Moi je les mets.

C'est à ce moment qu'elle aperçut la bicyclette et le chargement.

— Et où vas-tu ?

— Là où le vent me conduira. Le monde est grand, dit le photographe, et il partit.

L'aïeule soupira :

— Pas autant que tu le crois, ingrat.

Malgré sa rancœur elle ne bougea pas la tête, pour ne pas écarter les yeux du couvent. Elle ne les écarta pas durant de nombreux jours de chaleur minérale, durant de nombreuses nuits de vent égaré, durant le temps de la méditation où personne ne sortit de la mission. Les Indiens avaient construit près de la tente un abri de feuilles de palmes où ils avaient accroché leurs petits hamacs de cordelette. L'aïeule, elle, veillait très tard, dodelinant de la tête sur son trône, et recomptant les grains de sa bourse avec la nonchalance d'un bœuf couché.

Une nuit, elle vit passer près d'elle une file de camions bâchés, lents, dont les seuls feux étaient quelques guirlandes d'ampoules multicolores qui lui donnaient une allure spectrale d'autels somnambules.

L'aïeule les reconnut immédiatement car ils étaient semblables aux camions des Amadis. Le dernier camion du convoi resta à la traîne, s'arrêta, et un homme descendit de la cabine redresser quelque chose sur la plate-forme. Avec sa casquette relevée, ses grandes bottes, deux cartouchières croisées sur la poitrine, un fusil de guerre et deux pistolets, c'était le portrait même des Amadis.

Vaincue par une tentation irrésistible, l'aïeule l'appela.

— Tu ne sais pas qui je suis ? lui demanda-t-elle.

L'homme braqua sans pitié sur elle sa lampe de poche. Il regarda un instant le visage ravagé par la veille, les yeux morts de fatigue, les cheveux flétris de la femme qui, en dépit de son âge et de son mauvais état, avec cette lumière crue en plein visage, aurait pu prétendre qu'elle avait été la plus belle du monde. L'ayant examinée suffisamment pour être sûr qu'il ne l'avait jamais vue, il éteignit la lampe.

— La seule chose que je sais, dit-il, c'est que vous n'êtes pas Notre-Dame de Recouvrance.

— Vous n'êtes pas au courant, dit l'aïeule d'une voix très douce. Je suis la Dame.

L'homme, par pur instinct, porta la main à son pistolet.

— Quelle dame !

— Celle d'Amadis le Grand.

— Alors, vous n'êtes pas de ce monde, dit-il, agacé. Qu'est-ce que vous voulez ?

— Que vous m'aidiez à délivrer ma petite-fille, la petite-fille d'Amadis le Grand, la fille de notre fils Amadis, qui est prisonnière dans ce couvent.

L'homme surmonta sa frayeur.

— Vous vous êtes trompée de porte, dit-il. Si vous croyez que nous sommes capables de nous emberlificoter dans les affaires du Petit Père Bon Dieu, vous n'êtes pas celle que vous prétendez, et vous n'avez même pas connu les Amadis, et vous n'avez aucune putain d'idée sur ce que c'est que la contrebande.

Ce matin-là, l'aïeule dormit moins que les aubes précédentes. Elle le passa à ruminer, enveloppée dans une couverture de laine, tandis que le temps de la nuit lui égarait la mémoire, et que les délires réprimés luttaient pour surgir bien qu'elle fût réveillée ; elle devait se presser le cœur à deux mains pour ne pas étouffer sous le souvenir d'une maison au bord de la mer avec de grandes fleurs rouges, où elle avait été heureuse. Elle se maintint dans cette attitude jusqu'au moment où la cloche du couvent sonna et où les premières lumières s'allumèrent aux fenêtres tandis que le désert se saturait de l'odeur de pain chaud des matines. Alors seulement elle s'abandonna à la fatigue, trompée par l'illusion qu'Erendira s'était levée et cherchait la manière de s'échapper pour la rejoindre.

Erendira, par contre, n'avait pas perdu une nuit de sommeil depuis son transfert au couvent. On lui avait coupé les cheveux avec un sécateur, lui laissant la tête comme une brosse à reluire, on lui avait enfilé la rude robe de bure des recluses et on lui avait remis un seau d'eau de chaux et un balai pour badigeonner les marches des escaliers chaque fois que quelqu'un les empruntait. C'était un travail de damné car il y avait

un va-et-vient incessant de missionnaires aux pieds
crottés et de novices affairées; pourtant, pour Erendira, c'était tous les jours dimanche après cette longue période à bord de la galère mortelle du lit de
l'amour. En outre, elle n'était pas la seule à se sentir
épuisée au soir tombant, étant donné que le couvent
n'était pas destiné à la lutte contre le démon mais
contre le désert. Erendira avait vu les novices indigènes dompter les vaches à coups sur la nuque pour
les traire dans les étables, sauter des jours entiers sur
les planches pour pressurer les fromages, ou assister
les chèvres dans les parturitions difficiles. Elle les
avait vues transpirer comme des arrimeurs che-
vronnés pour puiser de l'eau à la citerne ou arroser à
la force du poignet un jardin téméraire que d'autres
novices avaient défoncé à la houe pour planter des légumes dans le silex du désert. Elle avait vu l'enfer
terrestre des fours à pain et des lingeries. Elle avait
vu une sœur poursuivre un cochon à travers la cour,
puis glisser avec le fuyard cramponnée à ses oreilles
et rouler dans un bourbier sans le lâcher, jusqu'au
moment où deux novices avec des tabliers de cuir
l'avaient aidée à le maîtriser et où l'une d'elles avait
égorgé l'animal avec un couteau de boucher tandis
que le sang et la boue les éclaboussaient toutes. Elle
avait vu dans le pavillon isolé de l'hôpital les reli-
gieuses poitrinaires avec leurs chemises de mortes,
qui attendaient l'ultime décision de Dieu en brodant
des draps conjugaux sur les terrasses tandis que les
hommes de la mission prêchaient dans le désert.
Erendira vivait dans la pénombre, découvrant des
formes de beauté et d'horreur qu'elle n'avait jamais

imaginées dans le monde étroit de son lit d'amour ;
mais ni les novices les plus sauvages ni les plus per-
suasives n'avaient réussi à lui arracher une parole depuis son transfert au couvent. Un matin – elle préparait le mélange de chaux dans son seau – elle entendit
une musique de cordes qui était comme une clarté
nouvelle et plus diaphane dans la lumière du désert.
Fascinée par le miracle, elle s'avança sur le seuil
d'un grand salon vide aux murs nus ; ses hautes fenêtres laissaient entrer à flots la lumière éblouissante
de juin qui ensuite y stagnait. Au centre du salon,
Erendira vit une religieuse très belle et inconnue qui
jouait au clavecin un oratorio pascal. Erendira écouta
la musique sans sourciller, l'âme en équilibre sur un
fil, jusqu'à l'instant où retentit la cloche du ré-
fectoire. Le déjeuner terminé, tout en blanchissant
l'escalier avec un pinceau de sparte, elle attendit que
toutes les novices eussent fini de monter et de descendre, demeura seule dans un endroit où personne
ne pouvait l'entendre et se mit à parler pour la première fois depuis son entrée au couvent.

— Je suis heureuse, dit-elle.

Ainsi l'aïeule vit-elle s'évanouir ses espérances :
Erendira ne s'échapperait pas pour la rejoindre. Elle
maintint pourtant son siège monolithique, sans prendre aucune décision, jusqu'au dimanche de la Pentecôte. C'était l'époque où les missionnaires ratissaient
le désert à la poursuite des concubines enceintes pour
les marier. Ils allaient jusqu'aux campements les plus
oubliés dans une camionnette d'avant le déluge, avec
quatre hommes de troupe bien armés et un caisson
d'objets de pacotille. Dans cette chasse aux Indiens le

plus difficile était de convaincre les concubines, qui repoussaient la grâce divine en argumentant non sans raison que les hommes se sentaient le droit d'exiger de leurs épouses légitimes un travail plus rude, eux qui dormaient jambes écartées dans les hamacs. Il fallait les séduire par des subterfuges, diluer la volonté divine dans le sirop de leur propre langue pour qu'elles la sentissent moins âcre, mais même les plus récalcitrantes finissaient par se laisser convaincre par des anneaux en toc. Les hommes, par contre, une fois obtenu le consentement des femmes, étaient sortis à coups de crosse des hamacs, ficelés sur la plate-forme du camion et emmenés pour être mariés de force.

Durant plusieurs jours l'aïeule vit passer la camionnette qui rentrait vers le couvent, chargée d'Indiennes enceintes. Elle ne comprit la raison de ce remue-ménage que le dimanche de la Pentecôte, quand elle entendit éclater les pétards et carillonner les cloches et qu'elle vit la foule misérable et joyeuse se rendre à la fête ; dans cette foule, des femmes enceintes, portant voiles et couronnes de mariées, tenaient par le bras des maris d'occasion mais que le mariage allait transformer en époux légitimes.

Parmi les dernières personnes du défilé passa un garçon au cœur innocent et aux cheveux indiens rasés comme une calebasse ; déguenillé, il portait à la main un cierge pascal orné d'un nœud de soie. L'aïeule l'appela.

— Dis-moi une chose, mon petit, lui demanda-t-elle de sa voix la plus claire. Que vas-tu faire dans cette danse des bougies ?

Le garçon se sentait intimidé par son cierge et il avait du mal à fermer la bouche à cause de ses dents de bourricot.

— Les petits pères vont me faire faire ma première communion, dit-il.

— Combien t'ont-ils donné pour ça ?

— Cinq pesos.

L'aïeule sortit de sa sacoche intérieure une liasse de billets que le garçon regarda médusé.

— Je vais t'en donner vingt. Non pour que tu fasses ta première communion, mais pour que tu te maries.

— Mais avec qui ?

— Avec ma petite-fille.

Ainsi Erendira se maria-t-elle dans la cour du couvent, parée de sa robe de recluse et d'une mantille de dentelle que lui offrirent les novices, sans même savoir le nom du mari que sa grand-mère lui avait acheté. Elle subit, livrée à un espoir incertain, le tourment des genoux à même le sol de salpêtre, l'horrible odeur de peau de bouc des deux cents mariées aux ventres ronds, le châtiment de l'Epître de saint Paul martelée en latin sous la canicule immobile, car les missionnaires ne trouvèrent pas de solution pour s'opposer à l'artifice du mariage imprévu et lui promirent simplement de tenter un dernier effort pour la garder au couvent. Pourtant, au terme de la cérémonie et en présence du Préfet Apostolique, du maire griveton qui tirait sur les nuages, de son nouvel époux et de sa grand-mère impassible, Erendira se retrouva soumise au sortilège qui l'avait dominée depuis sa naissance. Quand on lui demanda quelle était sa volonté, la vraie, la libre, la définitive, elle n'eut pas un soupir d'hésitation.

— Je veux partir, dit-elle.

Et elle précisa, en montrant le mari :

— Mais pas avec lui. Avec ma grand-mère.

Ulysse avait perdu son après-midi à essayer de dérober une orange dans la plantation de son père, car celui-ci ne l'avait pas quitté des yeux tandis qu'on taillait les arbres malades. Sa mère, elle, le surveillait de la maison. Il renonça donc à son projet, au moins ce jour-là et, contrarié, continua d'aider son père à émonder les derniers orangers.

La vaste plantation était silencieuse et cachée, et la maison de bois avec son toit de zinc avait un grillage de cuivre aux fenêtres et une grande terrasse montée sur pilotis, où se multipliaient des plantes primitives aux fleurs intenses. La mère d'Ulysse se tenait sur la terrasse, affalée dans un fauteuil viennois ; elle avait plaqué sur ses tempes des feuilles fumées pour soulager son mal de tête et son regard d'Indienne pure suivait les mouvements de son fils comme un faisceau de lumière invisible jusqu'aux endroits les plus dérobés de l'orangeraie. Elle était très belle, beaucoup plus jeune que son mari, et non seulement restait fidèle au costume de la tribu mais connaissait les secrets les plus anciens de sa race.

Quand, à quatre heures, Ulysse rentra à la maison

avec les sécateurs, sa mère lui demanda de lui apporter les médicaments qui étaient sur un guéridon voisin. A peine les eut-il touchés que le verre et le flacon changèrent de couleur. Puis il toucha pour s'amuser une carafe de cristal qui se trouvait sur la table avec d'autres verres. La carafe devint bleue. Sa mère l'observa tout en prenant ses médicaments, et quand elle fut certaine qu'elle n'était pas victime d'un délire provoqué par la douleur, elle l'interrogea dans sa langue :

— Il y a longtemps que ça t'arrive ?

— Depuis que nous sommes revenus du désert, lui répondit-il dans la même langue. Mais il faut que ce soit du verre.

Pour le prouver, il toucha l'un après l'autre les verres alignés sur la table, et tous prirent des couleurs différentes.

— L'amour seul peut produire de tels effets, dit la mère. Qui est l'élue ?

Ulysse ne répondit pas. Son père, qui ignorait la langue indigène, passait au même instant sur la terrasse avec un petit tas d'oranges.

— De quoi parlez-vous ? demanda-t-il à Ulysse en hollandais.

— Rien de particulier, répondit Ulysse.

La maman d'Ulysse ignorait le hollandais. Quand son mari fut entré dans la maison, elle demanda à son fils en langue indigène :

— Que t'a-t-il dit ?

— Rien de particulier, répondit Ulysse.

Il avait perdu de vue son père, mais il le revit à travers une fenêtre lorsque celui-ci apparut dans son bu-

reau. La mère attendit d'être vraiment seule avec
Ulysse pour insister :

— Dis-moi qui c'est.

— C'est personne, dit Ulysse.

Il répondit, distrait, car il suivait les mouvements
de son père dans le bureau. Il l'avait vu poser les
oranges sur le coffre-fort pour composer le code chif-
fré. Pourtant, tandis qu'il surveillait son père, sa mère
le surveillait, lui.

— Il y a longtemps que tu ne manges pas de pain,
observa-t-elle.

— Je n'aime pas ça.

Le visage de sa mère prit soudain une vivacité in-
solite :

— Tu mens, dit-elle. Tu es en mal d'amour, et
ceux qui sont ainsi ne peuvent manger de pain.

Sa voix comme ses yeux étaient passés de la sup-
plication à la menace :

— Tu ferais mieux de me dire qui c'est. Sinon, je
te ferai prendre de force des bains de purification.

Dans le bureau, le Hollandais ouvrit le coffre, y déposa les oranges et referma la porte blindée. Ulysse
s'éloigna alors de la fenêtre et répliqua à sa mère
avec impatience :

— Je t'ai dit que c'était personne. Et si tu ne me
crois pas, demande-le à papa.

Le Hollandais apparut sur le seuil du bureau en
allumant sa pipe de navigateur. Il portait sous le bras
une bible à la reliure fatiguée. Sa femme lui demanda
en espagnol :

— Qui avez-vous connu dans le désert ?

— Personne, lui répondit son mari, un peu dans les

nuages. Et si tu ne me crois pas, demande-le à Ulysse.

Il alla s'asseoir au fond de la galerie et tira sur sa pipe jusqu'au moment où elle fut vide. Puis il ouvrit sa bible au hasard et en récita des fragments alternés, durant presque deux heures, dans un hollandais fluide et ronflant.

A minuit, Ulysse pensait toujours, et avec une telle intensité qu'il ne pouvait dormir. Il se tourna et se retourna une heure encore dans son hamac, essayant de dominer la douleur des souvenirs, et finit par trouver dans celle-ci la force qui lui manquait pour prendre une décision. Il enfila son pantalon de cow-boy, sa chemise écossaise à carreaux et ses bottes de cheval et, sautant par la fenêtre, s'enfuit de la maison dans la camionnette pleine d'oiseaux. En passant par la plantation, il arracha les trois oranges mûres qu'il n'avait pu dérober, l'après-midi.

Il voyagea à travers le désert le reste de la nuit et, au petit jour, demanda dans les villages et les campements la direction d'Erendira, mais personne ne fut en mesure de le renseigner. Finalement, on lui annonça qu'elle accompagnait le cortège électoral du sénateur Onésime Sanchez, et que celui-ci devait être ce jour-là à la Nouvelle-Castille. Il ne l'y trouva pas, mais le découvrit dans le village suivant. Erendira avait cessé de l'escorter depuis que sa grand-mère avait obtenu de sa propre main une lettre garantissant sa moralité, et grâce à laquelle elle ouvrait les portes les plus fermées du désert. Trois jours plus tard, il rencontra l'homme du courrier intérieur, qui lui indiqua la direction qu'il cherchait.

— Elles vont vers la côte, lui dit-il. Mais grouille-toi car l'intention de cette vieille maquerelle est d'embarquer pour l'île d'Aruba.

Ulysse, ayant suivi l'indication, aperçut au bout d'une demi-journée le chapiteau crotté que l'aïeule avait racheté à un cirque en déconfiture. Le photographe ambulant était revenu vivre auprès d'elle, convaincu que le monde, en effet, n'était pas aussi grand qu'il le pensait, et il avait installé non loin du chapiteau ses décors idylliques. Une fanfare de suce-cuivrcs charmait les clients d'Erendira aux accents d'une valse morose.

Ulysse attendit son tour pour entrer, et la première chose qui attira son attention fut l'ordre et la propreté qui régnaient sous le chapiteau. Le lit de l'aïeule avait retrouvé sa splendeur digne des vice-rois, la statue de l'ange était à sa place près de la malle-tombeau des Amadis, et il y avait en outre une baignoire d'étain à pattes de lion. Couchée sur son nouveau lit à baldaquin, Erendira était nue et placide, et irradiait une clarté enfantine sous la lumière tamisée du chapiteau. Elle dormait les yeux ouverts. Ulysse s'arrêta près d'elle, ses oranges à la main, et constata qu'elle le regardait sans le voir. Alors il passa la main devant ses yeux et l'appela par le nom qu'il avait inventé pour penser à elle :

— Aridnéré.

Erendira se réveilla. Elle se sentit nue devant Ulysse, eut un petit cri étouffé et, attrapant le drap, se couvrit jusqu'au front.

— Ne me regarde pas, dit-elle. Je suis horrible.

— Tu as la couleur des oranges, dit Ulysse, qui

porta les fruits à la hauteur de ses yeux pour qu'elle pût comparer. Regarde.

Erendira sortit les yeux hors du drap et constata qu'en effet les oranges avaient la même couleur que sa peau.

— Maintenant, je ne veux pas que tu restes ici, dit-elle.

— Je suis entré seulement pour te montrer ça. Regarde.

Il écorça une orange avec les ongles, la fendit à deux mains et en montra l'intérieur à Erendira : logé au cœur du fruit, il y avait un diamant véritable.

— Ce sont les oranges que nous transportons à la frontière, dit-il.

— Mais elles sont vivantes ! s'écria Erendira.

— Bien sûr. – Ulysse sourit : — C'est mon papa qui les sème.

Erendira n'en croyait pas ses yeux. Elle repoussa le drap de son visage, prit le diamant entre ses doigts et le contempla, ébahie.

— Avec trois de ces diamants nous faisons le tour du monde, dit Ulysse.

Erendira lui rendit le diamant. Elle avait l'air découragée. Ulysse insista :

— J'ai une camionnette, dit-il. Et aussi... Regarde !

Il retira de sa chemise un pistolet antédiluvien.

— Je ne pourrai partir avant dix ans, dit Erendira.

— Tu partiras. Cette nuit, quand la baleine blanche dormira, je t'attendrai dehors, en chantant comme la chouette.

Il imita si bien le cri de la chouette que les yeux d'Erendira sourirent pour la première fois.

— C'est ma grand-mère, dit-elle.

— La chouette ?

— La baleine.

Ils rirent tous deux de la méprise, mais Erendira revint à la réalité.

— Personne ne peut partir sans la permission de sa grand-mère.

— Il suffit de ne rien lui dire.

— De toute façon, elle le saura. Elle voit tout dans ses rêves.

— Quand elle commencera à rêver que tu t'en vas, nous serons de l'autre côté de la frontière. Nous passerons comme les contrebandiers... dit Ulysse.

En empoignant le pistolet avec un savoir-faire de Jim la Terreur des salles obscures, il imita le bruit d'un tir nourri pour émouvoir Erendira par son audace. Elle ne dit ni oui ni non, mais ses yeux soupirèrent et elle congédia Ulysse avec un baiser. Il murmura, ému :

— Demain nous verrons passer les bateaux.

Ce soir-là, peu après sept heures, Erendira était occupée à coiffer sa grand-mère quand le vent de son malheur se remit à souffler. A l'abri du chapiteau, les porteurs indiens et le responsable de la fanfare attendaient leur paye. L'aïeule finit de compter les billets d'un grand coffre qu'elle avait à sa portée, et après avoir consulté son cahier de comptes elle paya l'aîné des Indiens.

— Tiens, lui dit-elle. Vingt pesos par semaine, moins huit pesos pour la nourriture, moins trois pesos pour l'eau, moins cinquante centavos sur les chemises neuves, cela fait huit pesos cinquante centavos. Recompte.

L'aîné des Indiens compta l'argent et tous se retirèrent avec une révérence.

— Merci, dame blanche.

Le suivant était le directeur des musiciens. L'aïeule consulta le cahier des comptes et s'adressa au photographe qui essayait de réparer le soufflet de son appareil avec des bouts de gutta-percha.

— Que faisons-nous ? lui dit-elle. Paies-tu, oui ou non, un quart de la musique ?

Le photographe ne leva même pas la tête pour répondre.

— La musique, ça ne se voit pas sur les photos.

— Mais ça donne aux gens l'envie de se faire portraiturer, répliqua l'aïeule.

— Au contraire, dit le photographe, ça leur rappelle leurs morts et ils ferment les yeux quand on les prend.

Le directeur du bastringue intervint :

— Ce n'est pas la musique. C'est vos éclairs pour les photographier la nuit.

— C'est la musique, insista le photographe.

L'aïeule mit fin à la dispute. — Ne sois pas radin, dit-elle au photographe. Regarde plutôt le sénateur Onésime Sanchez, comme il réussit. Eh bien ! c'est grâce aux musiciens qui l'accompagnent ! – Puis elle conclut d'une voix dure : — Bref, ou tu paies ta part ou je t'abandonne à ton destin. Il n'est pas juste que cette pauvre créature supporte à elle seule tout le poids des frais.

— Je reste seul avec mon destin, dit le photographe. Après tout, je suis un artiste.

L'aïeule haussa les épaules et s'occupa du musicien. Elle lui remit une liasse de billets, conformément au chiffre inscrit sur le cahier :

— Deux cent cinquante-quatre morceaux à cinquante centavos, plus trente-deux morceaux à soixante centavos correspondant aux dimanches et aux jours fériés, cela fait un total de cent cinquante-six pesos vingt centavos.

Le musicien ne prit pas l'argent.

— Cela fait cent quatre-vingt-deux pesos quarante centavos, dit-il. Les valses sont plus chères.

— Et pourquoi ?

— Elles sont plus tristes, dit le musicien.

L'aïeule l'obligea à accepter l'argent.

— Eh bien, cette semaine tu nous joueras deux morceaux gais en remplacement de chaque valse que je te dois ! Et comme cela nous serons quittes.

Le musicien ne comprit pas la logique de l'aïeule, mais il empocha les billets tandis qu'il démêlait l'embrouille. Au même moment, le vent affolé faillit arracher le chapiteau et dans le silence qu'il laissa sur son passage on entendit au-dehors, clair et lugubre, le chant de la chouette.

Erendira ne sut pas comment faire pour cacher son trouble. Elle referma le coffre et le dissimula sous le lit, mais l'aïeule surprit le tremblement de sa main lorsqu'elle lui tendit la clef.

— N'aie pas peur, lui dit-elle. Il y a toujours des chouettes les nuits de grand vent.

Pourtant, elle manifesta une autre opinion quand elle vit partir le photographe avec son appareil sur le dos.

— Si tu veux, reste jusqu'à demain, lui dit-elle. La mort circule cette nuit en toute liberté.

Le photographe perçut aussi le chant de la chouette mais il ne changea pas d'avis pour autant.

— Reste, mon petit, insista l'aïeule. Tu sais combien j'ai d'affection pour toi.

— Mais je ne paie pas la musique.

— Ah ! si, dit l'aïeule. Ah ! si.

— Vous voyez, dit le photographe. Vous n'aimez personne.

L'aïeule pâlit de rage.

— Alors, du balai ! dit-elle. Fils de rien !

Elle se sentait si outragée qu'elle continua à fulminer contre lui tandis qu'Erendira l'aidait à se coucher. « Fils de salope, ronchonnait-elle. Que peut donc savoir ce bâtard du cœur d'autrui ! » Erendira ne l'écoutait pas car la chouette la sollicitait avec une urgence tenace durant les répits du vent, et elle était tourmentée par l'incertitude. L'aïeule achevait de se coucher avec le même rituel que dans l'ancienne demeure ; Erendira l'éventait quand elle réussit à surmonter sa rancœur pour respirer à nouveau son air stérile :

— Il faudra que tu te lèves tôt pour mettre à bouillir les plantes de mon bain avant que les gens n'arrivent.

— Oui, grand-mère.

— Avec le temps qui restera, lave le change des Indiens. Comme ça, nous aurons quelque chose à rabattre sur leur paye la semaine prochaine.

— Oui, grand-mère, dit Erendira.

— Et dors bien pour ne pas te fatiguer, car demain c'est jeudi, le jour le plus long de la semaine.

— Oui, grand-mère.

— Et donne à manger à l'autruche.

— Oui, grand-mère, dit Erendira.

Elle laissa l'éventail au chevet du lit et alluma deux cierges devant la malle de ses morts. L'aïeule, qui dormait déjà, lui en donna l'ordre après coup :

— N'oublie pas d'allumer les cierges des Amadis.

— Oui, grand-mère.

Erendira savait qu'elle n'allait plus se réveiller puisqu'elle s'était mise à délirer. Elle entendit les aboiements du vent autour du chapiteau mais ne reconnut pas cette fois encore le souffle de son mal-heur. Elle écarta la bâche ouverte sur la nuit et at-tendit le chant de la chouette ; lorsqu'il retentit, son instinct de liberté l'emporta enfin sur l'ensorcelle-ment de l'aïeule.

Elle n'avait pas fait cinq pas hors du chapiteau qu'elle rencontra le photographe en train d'amarrer son barda sur sa bicyclette. Son sourire complice la tranquillisa.

— Je ne sais rien, dit le photographe. Je n'ai rien vu. Et je ne paie pas la musique !

Il prit congé par un geste de bénédiction univer-selle. Erendira courut alors vers le désert, décidée à tout jamais, et se perdit dans les ténèbres du vent où chantait la chouette.

L'aïeule, cette fois, fit aussitôt appel à l'autorité ci-vile. Le commandant du poste local sauta de son ha-mac à six heures du matin, quand elle brandit devant ses yeux la lettre du sénateur. Le père d'Ulysse atten-dait à la porte.

— Comment, bon dieu de merde ! voulez-vous que je la lise, cria le commandant. Si je ne sais pas lire !

— C'est une lettre de recommandation du sénateur Onésime Sanchez, dit l'aïeule.

Pour toute réponse, le commandant décrocha un fusil qu'il avait près de son hamac et se mit à crier des ordres à ses policiers. Cinq minutes plus tard, tous volaient vers la frontière à l'intérieur d'une camionnette militaire, avec un vent contraire qui effaçait les traces des fugitifs. Sur le siège avant, près du chauffeur, voyageait le commandant. Derrière se trouvait le Hollandais avec l'aïeule, et sur chaque marchepied se tenait un agent armé.

Non loin du village ils arrêtèrent une caravane de camions recouverts d'une bâche imperméable. Plusieurs hommes qui voyageaient cachés sur la plate-forme soulevèrent la bâche et mirent en joue la camionnette avec des mitrailleuses et des fusils de guerre. Le commandant demanda au conducteur du premier camion à quelle distance il avait rencontré une camionnette de livraison chargée d'oiseaux.

L'homme démarra avant de répondre.

— Nous ne sommes pas des mouchards, dit-il indigné. Nous sommes des contrebandiers.

Le commandant vit passer presque sous ses yeux les canons noircis des mitrailleuses ; il leva les bras et sourit.

— Au moins, leur cria-t-il, ayez la pudeur de ne pas circuler en plein jour.

Le dernier camion portait sur le pare-chocs arrière une inscription : *Je pense à toi, Erendira.*

Le vent devenait de plus en plus aride à mesure qu'ils s'avançaient vers le Nord, et le soleil, avec le vent, se faisait plus sauvage ; dans la camionnette fermée, la chaleur et la poussière rendaient la respiration difficile.

L'aïeule fut la première à apercevoir le photographe ; il pédalait sur la même piste où eux volaient ; il ne portait pour se protéger contre l'insolation qu'un mouchoir noué autour de la tête.

— C'est lui, dit-elle. Lui, le complice. Fils de salope !

Le commandant ordonna à l'un des agents juchés sur les marchepieds de se charger du photographe.

— Attrape-le et attends-nous là. Nous revenons.

Le policier sauta du marchepied et par deux fois intima au photographe l'ordre de s'arrêter. Le photographe ne l'entendit pas à cause du vent contraire. Lorsque la camionnette le doubla, l'aïeule lui adressa un signe énigmatique, qu'il prit pour un salut ; il sourit et lui fit au revoir avec la main. Il n'entendit pas le coup de feu. Il pirouetta en l'air et retomba mort sur sa bicyclette, la tête fracassée par une balle dont il ne sut jamais d'où elle était venue.

Avant midi, ils virent les premières plumes. C'étaient des plumes de jeunes oiseaux que le vent emportait et que le Hollandais reconnut pour être celles de ses oiseaux plumés par la rafale. Le conducteur modifia la direction, écrasa au plancher l'accélérateur, et moins d'une demi-heure plus tard ils apercevaient la camionnette à l'horizon.

Quand Ulysse vit apparaître le camion militaire dans son rétroviseur, il fit un effort pour augmenter la distance, mais le moteur en était incapable. Ils avaient voyagé sans fermer l'œil et mouraient de fatigue et de soif. Erendira, qui somnolait sur l'épaule d'Ulysse, se réveilla effrayée. Elle vit la camionnette qui était sur le point de les rejoindre et avec une détermination candide saisit le pistolet dans la boîte à gants.

— Inutile, dit Ulysse. Il ne marche plus. C'était celui de Francis Drake.

Il le secoua et resecoua, et le jeta par la portière. Le commando doubla la camionnette démantibulée avec son chargement d'oiseaux déplumés par le vent, effectua un virage forcé et leur barra la route.

Je les ai connues à cette époque, qui fut celle de leur splendeur, bien qu'il ne me fût donné d'explorer les détails de leur vie que beaucoup plus tard, quand Rafael Escalona révéla dans une chanson le terrible dénouement du drame et qu'il me parut mériter d'être raconté. J'étais représentant en encyclopédies et en livres de médecine dans la province de Riohacha. Alvaro Cepeda Samudio, qui circulait aussi dans ces chemins où il vendait des distributeurs de bière glacée, m'emmena dans sa camionnette. Il avait l'intention de me parler de je ne sais trop quoi, et nous en parlâmes tellement et nous avalâmes tant de bière que sans savoir quand ni par où, nous traversâmes le désert tout entier et arrivâmes à la frontière. Là se dressait le chapiteau de l'amour errant qui disparaissait sous les banderoles tendues : *Erendira c'est mieux, Va et reviens Erendira t'attend, Vivre n'est pas vivre sans Erendira.* La file interminable et ondulante, composée d'hommes de races et de conditions différentes, ressemblait à un serpent aux vertèbres humaines qui somnolait à travers places et terrains vagues, parmi des bazars bigarrés et des marchés bruyants, et dont les extrémités dépassaient les rues de cette ville bourdonnante de trafiquants de passage. Chaque rue était un tripot public, chaque maison une taverne, chaque porte un refuge de déserteurs. Les nombreuses musiques indéchiffrables et les cris des marchands formaient un tohu-bohu délirant dans la chaleur hallucinante.

Parmi la foule des apatrides et des profiteurs il y avait Blacaman le brave qui, grimpé sur une table, réclamait un vrai serpent pour expérimenter sur sa propre chair les effets d'un antidote de son invention. Il y avait la femme changée en araignée après avoir désobéi à ses parents et qui, pour cinquante centavos, se laissait toucher afin qu'on vît bien que ce n'était pas un bobard, et qui répondait aux questions qu'on voulait bien lui poser au sujet de son malheur. Il y avait un envoyé de la vie éternelle qui annonçait la venue imminente de l'effrayante chauve-souris sidérale dont l'haleine de soufre brûlant devait bouleverser l'ordre de la nature, et qui ferait flotter sur les vagues les mystères de la mer.

Le seul havre de tranquillité était le quartier des prostituées où n'arrivaient que les brandons du tumulte urbain. Des femmes venues des quatre pointes de la rose des vents bâillaient d'ennui dans les dancings abandonnés. Elles avaient fait la sieste assises, sans que personne les réveille pour les aimer, et continuaient à attendre la chauve-souris sidérale sous les ventilateurs aux bras vissés à même le plafond. Brusquement, l'une d'elles se leva et se dirigea vers une galerie de bougainvillées qui donnait sur la rue, une rue où passait le cortège des prétendants d'Erendira.

— Dites-moi, leur cria la femme. Qu'a donc cette fille que nous n'ayons pas, nous ?

— Une lettre d'un sénateur ! lança quelqu'un.

Attirées par les cris et les éclats de rire, d'autres femmes apparurent dans la galerie.

— Cette queue dure depuis des jours, dit l'une d'elles. Imagine un peu, à cinquante pesos par type !

Celle qui était sortie la première décida :

— Moi je vais voir ce qu'a de si précieux cette graine d'avorton.

— Moi aussi, dit une autre. Ce sera mieux que de rester ici à poireauter.

En cours de route d'autres se joignirent à elles, et quand elles arrivèrent à la tente d'Erendira elles formaient une turbulente mascarade. Elles entrèrent sans s'annoncer, chassèrent à coups d'oreiller l'homme qu'elles trouvèrent en train d'exploiter au mieux de ses capacités l'argent versé, saisirent le lit d'Erendira et le sortirent dans la rue comme un brancard.

— C'est une agression, criait l'aïeule. Bande de scélérats ! Traîtresses ! – Puis se retournant contre les hommes alignés : — Et vous, trouillards, n'avez-vous donc pas de couilles pour permettre qu'on abuse ainsi d'une pauvre créature sans défense ? Pédés !

Elle continuait à donner de la voix jusqu'aux limites du possible, jouant du bâton contre ceux qui se trouvaient à sa portée, mais sa colère était inaudible au milieu des cris et des huées moqueuses de la multitude.

Erendira ne put échapper aux outrages car depuis sa tentative de fuite sa grand-mère l'avait attachée avec une chaîne de niche à chien à l'un des barreaux de son lit. Pourtant, on ne lui fit aucun mal. On la trimbala sur son autcl à baldaquin à travers les rues les plus animées, comme le char allégorique de la pénitente enchaînée, et on finit par l'exposer comme dans une chambre mortuaire au milieu de la Grand-Place. Repliée sur elle-même, le visage caché mais l'œil sec, Erendira demeura ainsi sous le soleil terrible de la place, mordant de honte et de rage la chaîne de chien de son mauvais destin, jusqu'au moment où quelqu'un eut la charité de la couvrir d'une chemise.

Ce fut la seule fois où je les vis, mais je sus qu'elles étaient restées dans cette ville frontière sous la protection de la force publique jusqu'au jour où les coffres de l'aïeule débordèrent et où elles abandonnèrent le désert pour les chemins de la mer. On n'avait jamais vu une telle opulence dans ces royaumes de la pauvreté. C'était un cortège de charrettes tirées par des bœufs, sur lesquelles s'entassaient quelques répliques de pacotille des biens paraphernaux disparus dans l'incendie; bustes impériaux et pendules précieuses avaient réapparu mais il y avait aussi un piano d'occasion et un phono à manivelle avec les disques de la nostalgie. Une troupe d'Indiens s'occupait du chargement et une fanfare annonçait aux villages leur arrivée triomphale.

L'aïeule voyageait dans un palanquin orné de guirlandes de papier, en comptant les grains de la dette, à l'ombre d'un dais de procession. Son aspect monumental s'était accru car elle portait sous son corsage un gilet de toile à voile dans lequel elle glissait les lingots d'or comme on glisse les balles dans une cartouchière. Erendira se tenait à côté d'elle, vêtue d'étoffes éclatantes garnies de toute une quincaillerie ; elle gardait pourtant à la cheville sa chaîne de chien.

— Tu ne peux pas te plaindre, lui avait dit l'aïeule en quittant la ville frontière. Tu as du linge de reine, un lit de luxe, tes musiciens et quatorze Indiens à ton service. N'est-ce pas magnifique ?

— Oui, grand-mère.

— Quand tu ne m'auras plus, poursuivit l'aïeule, tu nc scras pas à la merci des hommes car tu posséderas ta maison dans une grande ville. Tu seras libre et heureuse.

C'était là une vision nouvelle et imprévue de l'avenir. Par contre elle ne reparlait plus de la dette originelle dont les détails s'embrouillaient et dont l'échéance reculait à mesure que les comptes se faisaient plus inextricables. Pourtant, il n'y eut chez Erendira aucun soupir permettant d'entrevoir sa pensée. Elle accepta en silence la torture du lit d'amour dans les mares de salpêtre, dans la somnolence des villages lacustres, dans le cratère lunaire des mines de talc, tandis que l'aïeule lui chantait la vision de l'avenir comme si elle avait consulté les tarots. Un soir, à la sortie d'une gorge oppressante, elles perçurent un vent de lauriers anciens, écoutèrent des bribes de dialogues de la Jamaïque et sentirent des désirs de vivre, et un nœud dans le cœur ; elles venaient d'atteindre la mer.

— C'est elle. Regarde-la, dit l'aïeule en respirant la clarté de verre des Caraïbes au bout d'une demi-vie d'exil. Ça te plaît ?

— Oui, grand-mère.

Elles plantèrent leur chapiteau à l'endroit même. L'aïeule passa la nuit à parler sans rêver, confondant parfois ses nostalgies avec la vision de l'avenir. Elle dormit plus tard qu'à l'accoutumée et se réveilla calmée par la rumeur marine. Malgré tout, quand Erendira la baigna, elle se remit à prédire le futur, et avec une telle fébrilité qu'on aurait pu croire à du délire provoqué par un excès de veille.

— Tu seras une vraie châtelaine, lui dit-elle. Une grande dame vénérée par ses protégées et servie et honorée par les plus hautes autorités. Les capitaines des navires t'enverront des cartes postales de tous les ports du monde.

Erendira ne l'écoutait pas. L'eau tiède, parfumée à l'origan, jaillissait dans la baignoire par une rampe alimentée de l'extérieur. Erendira la puisait avec une calebasse, impénétrable, sans presque respirer, et en aspergeait l'aïeule d'une main tandis que de l'autre elle la savonnait.

— La renommée de ta maison volera de bouche en bouche, du cordon des Antilles jusqu'aux royaumes de Hollande, disait l'aïeule. Et celle-ci sera plus importante que le palais du président car c'est là qu'on discutera les affaires du gouvernement et qu'on réglera le destin de la nation.

Brusquement, l'eau cessa d'arriver dans la rampe. Erendira sortit de la tente pour se renseigner et vit que l'Indien chargé de verser l'eau coupait du bois dans la cuisine.

— Plus rien ! dit l'Indien. Il faut mettre de l'eau à refroidir.

Erendira alla jusqu'au fourneau où bouillonnait une autre grande marmite dans une odeur de feuilles aromatiques. Elle s'enveloppa les mains dans un chiffon et constata qu'elle pouvait lever la marmite sans l'aide de l'Indien.

— Va, lui dit-elle. Je m'occupe de l'eau.

Elle attendit que l'Indien fût sorti de la cuisine. Alors elle ôta du feu la marmite bouillante et la leva non sans peine à la hauteur de la rampe ; elle allait verser l'eau mortelle dans le conduit de la baignoire quand l'aïeule cria à l'intérieur du chapiteau :

— Erendira !

On aurait dit qu'elle avait deviné l'intention meurtrière. Erendira, effrayée par le cri, se repentit à l'instant fatal.

— J'arrive, grand-mère, dit-elle. Je fais refroidir l'eau.

Cette nuit-là, elle réfléchit fort tard tandis que la grand-mère chantait endormie dans son gilet d'or. Erendira la regardait de son lit avec des yeux ardents, pareils à ceux d'un chat dans les ténèbres. Après quoi elle se coucha comme un noyé, les bras sur la poitrine et les yeux ouverts, et appela de toute la force de sa voix intérieure :

— Ulysse.

Ulysse se réveilla d'un coup dans la maison aux orangers. Il avait entendu la voix d'Erendira avec une telle clarté qu'il la chercha dans l'obscurité. Après un instant de réflexion, il enroula ses vêtements autour de ses chaussures et abandonna sa chambre. Il avait traversé la terrasse quand la voix de son père le surprit :

— Où vas-tu ?

Ulysse le vit ; la lune l'illuminait de bleu.

— Visiter le monde, répondit-il.

— Cette fois, je ne vais pas m'y opposer, dit le Hollandais. Mais je te préviens : partout où tu iras, la malédiction de ton père te poursuivra.

— D'accord, dit Ulysse.

Surpris, et même légèrement fier de la volonté inébranlable de son fils, le Hollandais le suivit des yeux à travers l'orangeraie baignée de lune ; petit à petit son regard se mit à sourire. Sa femme se tenait derrière lui, avec ses manières de beauté indienne. Quand Ulysse eut refermé le portail, le Hollandais déclara :

— Il reviendra, malmené par la vie, mais plus vite que tu ne le penses.

— Tu n'es qu'une brute, soupira-t-elle. Il ne reviendra pas.

Cette fois-ci, Ulysse n'eut pas à demander le chemin conduisant à Erendira. Il traversa le désert caché dans des camions de passage, volant pour manger et pour dormir, et volant souvent pour le simple plaisir du risque ; il finit par trouver l'énorme tente dans un autre village de la côte, d'où l'on voyait les édifices de verre d'une ville illuminée et où retentissaient les adieux nocturnes des bateaux en partance pour l'île d'Aruba. Erendira était endormie, enchaînée aux barreaux de son lit, et dans cette position de noyé à la dérive qui était la sienne quand elle l'avait appelé. Ulysse resta un long moment à la contempler sans la réveiller, mais il la contempla avec une telle intensité qu'Erendira se réveilla. Alors ils s'embrassèrent dans l'obscurité, se caressèrent en toute tranquillité, se déshabillèrent jusqu'à la fatigue, avec une tendresse muette et un bonheur secret qui les faisaient ressembler plus que jamais à l'amour.

A l'autre bout du chapiteau, l'aïeule endormie fit un demi-tour monumental et commença à délirer.

— C'est l'époque où le bateau grec est arrivé, dit-elle. Un équipage complètement fou qui rendait les femmes heureuses et ne les payait pas en argent mais en éponges, des éponges vivantes qui après ça circulaient dans les maisons en gémissant comme des malades dans un hôpital et en faisant pleurer les gosses pour boire leurs larmes.

Elle se redressa d'un mouvement souterrain et s'assit sur le lit.

— C'est alors qu'il s'est présenté, Seigneur Jésus ! cria-t-elle. Plus fort, plus grand et beaucoup plus viril qu'Amadis.

Ulysse, qui jusqu'alors n'avait pas prêté attention au délire, essaya de se cacher quand il vit l'aïeule assise sur son lit. Erendira le rassura.

— Bouge pas, lui dit-elle. Chaque fois qu'elle aborde ce chapitre, elle s'assoit dans son lit mais ne se réveille pas.

Ulysse s'étendit contre son épaule.

— Cette nuit-là je chantais avec les matelots et j'ai cru que c'était un tremblement de terre, poursuivit l'aïeule. Tous ont dû penser comme moi car ils se sont sauvés en criant, morts de rire. Lui seul est resté dans le hangar aux astromélias. Je me souviens, comme si c'était hier, que je chantais la chanson que tout le monde chantait à l'époque. Même les perroquets la répétaient dans les patios.

Sans rime ni raison, comme il est seul possible de chanter dans les rêves, elle fredonna les lignes de son amertume.

Seigneur, Seigneur, rends-moi mon ancienne innocence pour jouir de son amour et que tout recommence.

A cet instant seulement Ulysse s'intéressa à la nostalgie de l'aïeule.

— Il était là, disait-elle, avec un ara sur l'épaule et tenant à la main un tromblon pour tuer les cannibales. Il ressemblait à Guatarral arrivant en Guyane, et j'ai senti son haleine de mort quand il s'est planté devant moi et m'a dit : « J'ai fait cent fois le tour du monde, j'ai vu toutes les femmes de toutes les nations, je suis donc bien placé pour te dire que tu es la plus fière et la plus serviable, la plus belle de toute la terre. »

Elle se recoucha et sanglota dans l'oreiller. Ulysse et Erendira restèrent un long moment silencieux, bercés dans la pénombre par la respiration démesurée de la vieille qui s'était endormie. Soudain, Erendira demanda sans la moindre hésitation dans la voix :

— Tu oserais la tuer ?

Stupéfait, Ulysse ne sut pas lui répondre.

— Je n'en sais rien, dit-il. Toi tu oserais ?

— Je ne peux pas, dit Erendira. C'est ma grand-mère.

Ulysse considéra à nouveau l'énorme corps endormi, comme s'il jaugeait la quantité de vie qu'il renfermait.

— Pour toi, je suis capable de tout, décida-t-il.

Ulysse acheta une livre de mort-aux-rats, la mélangea avec de la crème de lait et de la confiture de framboises, et versa cette gelée mortelle dans un gâteau qu'il avait vidé de son contenu d'origine. Puis il le recouvrit d'une crème épaisse qu'il étendit avec une cuillère jusqu'à ce qu'il ne restât plus de trace de la sinistre opération et paracheva la mystification en le garnissant de soixante-douze bougies roses.

L'aïeule se redressa sur son trône et brandit son bâton quand elle le vit entrer sous le chapiteau avec son gâteau d'anniversaire.

— Effronté ! cria-t-elle. Comment oses-tu remettre les pieds dans cette maison ?

Ulysse se cacha derrière son visage d'ange.

— Je viens vous demander pardon, dit-il. Aujourd'hui c'est votre anniversaire.

Désarmée par ce mensonge adroit, l'aïeule fit dresser la table comme pour un repas de noces. Ulysse, sur son ordre, s'assit à sa droite, tandis qu'Erendira les servait. Elle éteignit les bougies d'un souffle d'ouragan, coupa le gâteau en parts égales et servit Ulysse.

— Un homme qui sait se faire pardonner a gagné

la moitié du ciel, dit-elle. Je te laisse le premier morceau, qui est celui du bonheur.

— Merci, dit-il. Je n'aime pas ce qui est sucré. Bon appétit !

L'aïeule offrit à Erendira une autre part de gâteau. Celle-ci l'emporta à la cuisine et la jeta dans la boîte à ordures.

L'aïeule mangea seule tout le reste. Elle enfournait des morceaux entiers qu'elle avalait d'un coup, en gémissant de plaisir et en regardant Ulysse du paradis de sa jubilation. Quand son assiette fut vide, elle mangea la part qu'Ulysse avait dédaignée. Tout en mâchonnant la dernière bouchée, elle porta à sa bouche les miettes tombées sur la nappe.

Elle avait avalé une dose d'arsenic capable d'exterminer une génération de rats. Pourtant, elle joua du piano et chanta jusqu'à minuit, se coucha heureuse et dormit d'un sommeil naturel. Le seul signe nouveau fut un roulement rocailleux dans sa respiration.

Erendira et Ulysse la surveillaient de l'autre lit, attendant le râle final. Mais la voix fut aussi vive qu'à l'ordinaire quand elle commença à délirer.

— Seigneur Jésus, il me tourna complètement la tête ! cria-t-elle. Je me barricadais avec deux barres pour qu'il n'entre pas, je poussais la coiffeuse et la table contre la porte, je mettais les chaises sur la table, et il suffisait qu'il donne un petit coup tout doux, tout doux, avec sa bague pour que ce parapet s'écroule, les chaises sautaient d'elles-mêmes hors de la table, la table et la coiffeuse s'éloignaient d'elles-mêmes, les barres glissaient toutes seules dans les anneaux.

Erendira et Ulysse la regardaient avec une stupéfaction grandissante, à mesure que le délire devenait plus profond et plus dramatique, et la voix plus intime.

— Je sentais que j'allais mourir, la peur me baignait de sueur et je suppliais au fond de moi-même que la porte s'ouvre sans s'ouvrir et qu'il entre sans entrer, qu'il ne parte pas et ne revienne pas non plus pour ne pas être obligée de le tuer.

Elle reconstitua son drame durant plusieurs heures, dans ses moindres détails, comme si elle l'avait revécu dans son rêve. Un peu avant l'aube elle se retourna dans son lit avec un mouvement de modification sismique et sa voix se brisa devant l'imminence des sanglots.

— Je l'ai prévenu et il s'est moqué de moi, une fois, deux fois, jusqu'au moment où il a ouvert des yeux épouvantés en disant « Ah ! ma reine ! Ah ! ma reine ! » et où sa voix n'est plus sortie par sa bouche mais par le trou de sa gorge poignardée.

Ulysse, effrayé par l'horrible évocation de l'aïeule, agrippa la main d'Erendira.

— Vieille criminelle ! s'écria-t-il.

Erendira ne l'écouta pas car au même instant l'aube apparaissait. Les pendules sonnèrent cinq heures.

— File ! dit Erendira. Elle va se réveiller.

— Elle a plus de vie qu'un éléphant, s'exclama Ulysse. C'est incroyable !

Erendira le transperça d'un regard mortel.

— La vérité, dit-elle, c'est que tu n'es même pas capable de tuer quelqu'un

La cruauté du reproche impressionna si fort Ulysse qu'il se sauva hors de la tente. Erendira continua à observer l'aïeule endormie, avec sa haine secrète, avec la rage de sa frustration, à mesure que le petit matin s'élevait dans le ciel et que s'éveillait le vent des oiseaux. Alors l'aïeule ouvrit les yeux et la regarda ; elle souriait placidement.

— Dieu te garde, ma fille.

Le seul changement notable fut un début de désordre dans les habitudes. Ce jour-là était un mercredi mais l'aïeule voulut revêtir une robe du dimanche, décida qu'Erendira ne recevrait aucun client avant onze heures et lui demanda de lui vernir les ongles en rouge grenat et de prévoir une coiffure de cérémonie.

— Jamais je n'avais eu autant envie de me faire faire le portrait ! s'écria-t-elle.

Erendira entreprit de la peigner mais constata bientôt qu'une poignée de cheveux était restée entre les dents du démêloir. Elle la montra, effrayée, à sa grand-mère. Celle-ci l'examina, tira sur une de ses mèches et un arbuste de cheveux lui resta dans la main. Elle le jeta à terre, recommença l'opération et arracha une mèche plus grande. Alors elle se mit à s'arracher les cheveux, à deux mains, morte de rire, en jetant en l'air les poignées avec une joie incompréhensible, jusqu'au moment où elle eut la tête comme une noix de coco pelée.

Cela faisait deux semaines qu'Erendira était sans nouvelles d'Ulysse quand elle entendit retentir hors du chapiteau le cri de la chouette. L'aïeule s'était installée au piano et elle était si perdue dans sa nostalgie qu'elle ne prêtait pas attention à la réalité. Elle avait sur la tête une perruque aux plumes éblouissantes.

Erendira accourut à l'appel et alors seulement découvrit la mèche explosive qui, partie du piano, serpentait dans les broussailles et allait se perdre dans l'obscurité. Elle rejoignit Ulysse, se cacha près de lui parmi les arbustes, et tous deux virent, le cœur haletant, la petite flamme bleue qui courait le long de la mèche, traversait la nuit et pénétrait sous la tente.

— Bouche-toi les oreilles, dit Ulysse.

Leur précaution fut bien inutile car il n'y eut pas d'explosion. Un éclair silencieux illumina le chapiteau avant de disparaître dans une trombe de fumée de poudre mouillée. Quand Erendira osa entrer, croyant que l'aïeule était morte, elle la vit avec sa perruque roussie et sa chemise en charpie, mais plus vivante que jamais, qui essayait d'étouffer l'incendie à l'aide d'une couverture.

Ulysse s'éclipsa en profitant des cris des Indiens qui ne savaient plus quoi faire, déconcertés par les ordres contradictoires de l'aïeule. Quand ils réussirent enfin à dominer les flammes et à dissiper la fumée, ils avaient sous les yeux une vision de naufrage.

— On dirait un tour du malin, dit l'aïeule. Les pianos, ça n'éclate pas au hasard.

Elle fit toutes sortes de conjectures pour établir les causes du nouveau désastre, mais les faux-fuyants d'Erendira et son attitude impavide achevèrent de la confondre. Elle ne trouva pas la moindre fissure dans la conduite de sa petite-fille, et oublia même l'existence d'Ulysse. Elle resta éveillée jusqu'à l'aube, tissant des suppositions et calculant les pertes.

Elle dormit peu et mal. Le lendemain matin, quand Erendira lui enleva le gilet où elle gardait ses lingots d'or, elle vit qu'elle avait des cloques aux épaules et la poitrine brûlée à vif. « Je comprends pourquoi je me suis tellement agitée en dormant, dit-elle tandis qu'Erendira lui versait du blanc d'œuf sur ses brûlures. Et puis j'ai fait un rêve étrange. »

Elle dut se livrer à un effort de concentration pour évoquer l'image, qui dans sa mémoire devint aussi nette que dans son rêve.

— C'était un paon dans un hamac blanc, dit-elle.

Erendira sursauta mais reprit aussitôt son air habituel. Elle mentit :

— C'est un bon présage. Les paons de nos rêves annoncent une longue vie.

— Dieu t'entende, car nous revoilà comme au premier jour. Il faut tout recommencer.

Erendira ne se troubla pas. Elle quitta sa tente avec la cuvette aux compresses et laissa l'aïeule le torse dégoulinant de blanc d'œuf et le crâne barbouillé de moutarde. Elle était en train de verser de nouveaux blancs d'œufs dans le récipient, sous le hangar de feuilles de palmes qui servait de cuisine, quand elle vit apparaître les yeux d'Ulysse derrière le fourneau, comme elle les avait vus apparaître la première fois derrière son lit. Elle ne s'en montra pas surprise mais elle lui dit d'une voix lasse :

— Tu n'as réussi qu'à accroître ma dette.

Les yeux d'Ulysse se nuagèrent d'angoisse. Il resta immobile, observant en silence Erendira en train de casser les œufs, le regard fixe et plein de mépris, comme s'il n'existait pas. Au bout d'un moment, les yeux remuèrent, inspectèrent les objets de la cuisine, les marmites pendues, les chapelets de graines d'achiote, les assiettes, le couteau à découper. Ulysse se redressa, toujours sans un mot, entra sous le hangar et décrocha le couteau.

Erendira ne regarda plus Ulysse, mais au moment où il abandonnait le hangar elle lui dit tout bas :

— Prends garde, sa mort lui a été annoncée. Elle a rêvé d'un paon dans un hamac blanc.

L'aïeule, voyant entrer Ulysse avec son couteau à la main, fit un suprême effort pour sauter du lit sans l'aide de son bâton et leva les bras.

— L'ami ! cria-t-elle. Tu perds la boule !

Ulysse bondit sur elle et perça d'un habile coup de couteau sa poitrine nue. L'aïeule gémit, l'agrippa et essaya de l'étrangler de ses bras puissants comme des pattes d'ours.

— Fils de putain ! gronda-t-elle. Maintenant je me rends compte, mais trop tard, que tu as une tête d'ange déchu.

Elle ne put continuer car Ulysse réussit à libérer sa main armée et lui expédia dans la hanche un second coup de couteau. L'aïeule lâcha un gémissement étouffé et resserra son étreinte. Ulysse lui assena un troisième coup impitoyable et un jet de sang expulsé à haute pression lui éclaboussa le visage : c'était un sang huileux, brillant et vert, pareil à du miel à base de feuilles de menthe.

Erendira apparut sur le seuil, sa cuvette à la main, et observa la lutte avec un flegme criminel.

Grande, monolithique, grognant de douleur et de rage, l'aïeule s'accrocha au corps d'Ulysse. Ses bras, ses jambes, même son crâne pelé étaient verts de sang. Son énorme respiration de soufflet, perturbée par les premiers râles, occupait toute l'enceinte. Ulysse réussit à dégager à nouveau son bras, ouvrit une saillie dans le ventre, et une explosion de sang l'inonda de vert jusqu'aux pieds. L'aïeule essaya de récupérer l'air qui commençait à lui manquer pour vivre, et s'écroula nez contre terre. Ulysse échappa aux bras épuisés et sans prendre un instant de repos porta le coup de grâce au corps gigantesque.

Erendira posa alors la cuvette sur une table, se pencha sur l'aïeule, l'examinant sans la toucher, et quand elle fut bien convaincue qu'elle était morte, son visage prit brusquement toute la maturité que lui avaient refusée vingt ans d'infortune. Avec des mouvements rapides et précis, elle s'empara du gilet aux lingots d'or et sortit de la tente.

Ulysse resta assis près du cadavre, épuisé par la lutte ; plus il essayait de débarrasser son visage de cette matière verte et vivante qui paraissait glisser de ses doigts et plus elle le barbouillait. C'est seulement quand il vit sortir Erendira et le gilet qu'il prit conscience de son état.

Il l'appela à grands cris sans recevoir aucune réponse. Il se traîna jusqu'à l'entrée du chapiteau et vit qu'Erendira commençait à courir sur le rivage, dans la direction opposée à celle de la ville. Il fit un ultime effort pour la poursuivre, l'appelant avec des cris déchirants qui n'étaient plus ceux d'un amant mais d'un enfant ; pourtant il dut céder au terrible épuisement d'avoir tué une femme sans l'aide de personne. Les serviteurs indiens de l'aïeule le retrouvèrent allongé à plat ventre sur la plage, sanglotant de peur et de solitude.

Erendira ne l'avait pas entendu. Elle courait contre le vent, plus rapide qu'une biche, et aucune voix de cette terre ne pouvait l'arrêter. Elle passa en courant sans détourner la tête dans la vapeur de feu des mares de salpêtre, dans les cratères du talc, la somnolence des palafittes, jusqu'au moment où cessèrent les sciences naturelles de la mer et où le désert commença, mais elle continua de courir avec le gilet aux lingots d'or au-delà des vents arides et des soirs sans fin, et on ne sut plus jamais rien d'elle et on ne retrouva pas le plus petit vestige de son malheur.

TABLE

Dans la collection
Les Cahiers Rouges

(Dernières parutions)

Cet ouvrage a été réalisé par

FIRMIN DIDOT

GROUPE CPI

Mesnil-sur-l'Estrée

*pour le compte des Éditions Grasset
en mars 2007*

Imprimé en France

Dépôt légal : octobre 1990
N° d'édition : 14802 - N° d'impression : 84442
Nouveau tirage, dépôt légal : mars 2007